LETRAS MEXICANAS

PoeMar

FERNANDO DEL PASO

PoeMar

FONDO DE CULTURA ECONÓMICA

Primera edición, 2004

Paso, Fernando del
PoeMar / Fernando del Paso. — México : FCE, 2004
190 p. ; 21 ¥ 14 cm. — (Colección Letras Mexicanas)
ISBN 968-16-7330-1

1. Poesía mexicana 2. Literatura mexicana – siglo XXI I. Ser II. t.

LC PQ7297 Dewey m861 P536p

Comentarios y sugerencias: editor@fce.com.mx
www.fondodeculturaeconomica.com
Tel. (55) 5227-4672 Fax (55) 5227-4694

Diseño de portada: R/4, Pablo Rulfo
Ilustración: © Fernando del Paso, de la serie *Castillos en el aire*

ISBN 968-16-7330-1

Impreso en México • *Printed in Mexico*

Mi profundo agradecimiento
a la Universidad de Guadalajara, Jalisco, México,
por haberme dado el apoyo y el tiempo
para escribir este libro… y otros que vendrán.

En este libro están todos los poetas que he leído:
aquellos que recuerdo, aquellos que he olvidado.

Me hiciera yo a la mar, la mar que sea,
contra vientos, diluvios y marea,

sin más avíos que la suerte mía,
sin más destino que la lejanía.

Canción del Niño Almirante

I

Para cantar al mar, no hay más enseres,
para cantar al mar y sus placeres,

al mar azul, al mar y sus bahías,
al mar y al sol, espejo de sus días,

al mar de vientre colosal, derroche
de lumbres verdes y de espesa noche,

que mis palabras, mis palabras solas,
que navegan, sedientas, en las olas:

olas en las que el cielo cristaliza
su esencia azul, alada y quebradiza.

II

MAR REVUELTO

Yo que custodio a ciegas un paraíso en llamas,
prohijo mis plegarias con tus limpias palabras:
en los sueños perdidos se estrellan los espejos
con explosión de salmos y de herrumbrados ecos,
Oh mar, mar delirante, mar de la geometría
gemela a tus colores y de tus labios vértigo:
designio es de la danza que te acorrale el viento
y con él, encendidos, giratorios abismos
que en tus entrañas bullen, espiral de huracanes,
revoloteo de añicos, caos de resplandores:
yo en un carcaj de agua he guardado la lumbre
de dorados santuarios que rizadas espigas
enaltecen y adornan de tu lecho las horas
más ardientes del día, y en tus densas pupilas
de bóvedas oscuras la piel de mi fatiga,
epidermis del cieno, he dejado extraviada,
tejida con el aire de asombradas cenizas.

Óyeme, mar inmenso, mar infinito, inmerso
en los verdes enconos de atónitas esperas,
mar de plomo y de hielo, mar ensoberbecido
en tus uñas angélicas, en tus bruñidos fríos,

en tus borlas amargas y temblorosos filos,
mar de dolencias altas, de limbos sumergido,
mar de sapiencia aleve, mar de falsas ternuras,
de gozos fementidos y recios alborotos
que en tu pecho fermentan, de eternidades vivos:

Yo bebo en tus orillas la vesperal liturgia
de caravanas blancas: es mi jauría de alas
la que besa y cobija tus desdichados páramos,
tus oscuros y ardientes hálitos de hipocampo
—sortijas que dibujan, con sorpresas despiertas,
deslumbramientos niños en el rostro de ondinas
con arenosas trenzas de muérdago y zafiro—
Yo, con látigos sordos y con golpes de sombra
dibujo en tus pulidos muñones las barcazas
que alfombrarán mis ojos de meridianos pétalos
y mi entumida lengua barnizarán de ríos.

Óyeme mar inmenso, mar de súbitos cuarzos
y de vírgenes hiedras en las que anidan, niñas,
vicisitudes albas y aventuras de vidrio:
Óyeme mar inmenso, mar de las letanías
que borda el viento blanco de salazones pálidas,
astros descuartizados y luminarias vulvas:
arca de mis abrazos, de mi garganta alcántara,
yo, juglar de tu llanto, tus entreclaras lágrimas
enjugo con un verbo de cuajadas serpientes,
de granizos nupciales y celofanes líquidos,
y escribo, canto, invento, celebro el embeleso
de inquietudes aéreas, de reliquias caídas,
de crespas sombras húmedas y de altazores vivos,
de aluviones heridos por el filo de un ala:
te escribo, sí, te invento, te digo mientras pienso

en novilunios castos, en catedrales mansas,
en muchachas de aire, en álgebras doradas.
Yo, que mojé mis labios en las escorias lívidas
de mudos, titubeantes, desolados naufragios
de tedio apalabrados en agrestes racimos:
yo tus plexos solares he sembrado de estrellas,
de pájaros tus ojos, de heliotropo tu aliento,
cosechado racimos de tus sienes zagalas,
y tus lechos de musgo tapizado de himnos.

III

¿No he de navegar en las naves de acacia y sicomoro del Faraón Sahuré en la expedición a Siris? ¿No he de acompañar al vikingo Leif Ericcson en su viaje a los osarios de Terranova y a Eric el Rojo a las gélidas tierras de Groenlandia? ¿No he de darle mi lealtad en la Batalla de los Cuatro Días al almirante flamenco Michel de Ruyter? ¿No he de navegar con los marineros de Enrique el Navegante a lo largo de las costas de Liberia, Camerún y Senegal? ¿No he de ser maestre del buque negrero Princesa y de los clíppers de Baltimore? ¿No he de estrellarme en las escolleras selváticas de las Once Mil Vírgenes? ¿No he de atolondrarme con los géiseres de las bufadoras que vomitan agua pulverizada desde las entrañas de los océanos? ¿No he de fundar con el Capitán Misson la República Casta y Virtuosa, paradigma de las naciones filibusteras? ¿No he de abrasarme vivo en las llamas que consumieron al Normandie? ¿No he de hacerme una capa de portulanos? ¿No he de acompañar al Capitán Cook a descubrir Las Hébridas y Nueva Caledonia? ¿No he de caminar sobre nubes compactas de arenques vivos como Jesús caminó sobre las aguas? ¿No he de cruzar a nado todas las noches el Helesponto, para besar los pies y los labios de mi amada Hero? ¿No he de tomar a sangre y fuego Santiago de Cuba con los piratas hugonotes de Jacques de Sorel para vestirnos con las casullas y las dalmáticas, las estolas y las sobrepellices de todos los sacerdotes que habrán de balancearse colgados de los árboles de la ciudad para hacerlos comulgar con la lengua de fuera? ¿No he de ofrecer mis colores a Lady Killigrew, la Reina de los Piratas? ¿No he de navegar en cuanto rompehielos, carraca, buque cisterna, balandro, yate o quechemarín hayan inventado mis hermanos? ¿No he de navegar bajo la bandera berberisca del Profeta y bajo el estandarte del jabalí alado de Christopher Moody? ¿No he de encaminarme con Piteas a la fabulosa Thule? ¿No he de venerar a Diana Filormisteira, Protectora de los Puertos? ¿No he de cruzar el Atlántico en la fragata Savannah? ¿No he de naufragar en el Atocha para que sea mi mortaja una montaña de cientos de miles de doblones de oro? ¿No he de ser compañero de armas y masacres de Robert Reneger, el primero de los perros del mar? ¿No he de viajar con los hijos del Capitán Grant en el Duncan, con Héctor Servadac en la goleta Dobryna sobre la cola de un cometa, con el Capitán Ahab a las profundidades de mi conciencia? ¿No he de conocer las playas sin fin de Scheveningen y Ostende, los peligrosos bajos fondos de Saint Malo, no han de nutrir mi imaginación el talud continental de la costa de Gibraltar, el gigantesco dugongo de Malasia? ¿No he de navegar en compañía de Ulises al país de los lotófagos, para olvidar a mi patria?

IV

ME HICIERA yo a la mar, mar agorera,
la mar de la leyenda y la quimera.

Y de hacerlo yo así, el mar me hiciera
lugarteniente de la primavera,

rey de los oros y los papagayos,
y señor de relámpagos y rayos,

comandante de riscos y peñascos,
capitán de tormentas y chubascos,

condestable de calmas y bonanzas
y presidente de las lontananzas,

viceministro de los noto bóreos
y de los tragaderos estentóreos.

V

De ónix y jabón haré tu casa,
de vientos diurnos sembraré tu espalda
y de rosas difuntas tu esperanza.
Tú como nadie eres la furia desamparada,
el instrumento de la luminiscencia,
la región de las azules amnesias,
el canto de una selva en reposo,
la desnudez díscola del instante.

Yo, como nadie, empapo tus recuerdos
de jóvenes ahogadas en silencios de acero,
de garzas emisarias que cuelgan de tu espuma
y navegantes verdes coronados de soles.
Yo, como nadie, bebo tu sangre viva,
tus gardenias abiertas al imperio de sales
que enfebrecidas laten en delgados colores
con nombres sin orillas, y sombras aleladas.

Tú, como nadie, eres ausencia viva,
y la invisible sombra de un desalado arcángel;
eres desnuda ausencia, el vacío que revienta
de soledad y agua.

VI

AMAR A MAMÁ-MAR

MAMÁ: te amo con la boca,
porque tu recuerdo me sabe a sal marina,
dura, luminosa.

Amar a Mamá-Mar es mamar
tu amarga muerte, tu amarguísima —a mares—
y sospechosa vida, tus despechos
jarabe y ambrosía, acíbar,
néctar y hiel de deshojadas pesadillas contiguas.

Es mamar tu oceánica dulzura,
tu acidulada y dulcísima amargura.

¡Oh mamá, el mar posa dos olas
en tu vientre de mar, y posa
para la fotografía que he de beber
disuelta en un té de no-me-olvides
con sirope de siemprevivas!

Mamá, me obligo
a estar contigo
de la muerte al principio,

atado a la mayordomía de tu ombligo,
ripio del mar y de tus pechos ripio.

¡Ay Mama-Mar, Mamá-Maná, Nocturna Madredía!
Ya no me sales más, ya no me salgas:
arrumbado, arrullado
en tu piélago de amnióticas memorias
y haciendo nada y nada que nada,
haciéndome el muertito y el vivito,
sal, me dijiste, sal para tus ojos,
sal, me gritaste, sal para tus venas,
sal para tu vida,
sal-si-puedes, murmuraste, sollozaste,
rogaste, imploraste,
y salí, claro que sí, claro que pude,
puesto que tú me pusiste de patitas en el mundo,
y de pie en el infierno.

¡Oh Mamá-Mar: te mamaría tus pensamientos,
para vivir en tu cráneo.
Te mamaría los deseos
para nadar desde tu corazón
hasta la punta de tus arterias imperiales!

Mamá-Mar, Mare-Nostrum, Mar-Calostrum.

VII

POEMA PARA UNA NIÑA DEL MAR

Con la lengua del zapato
te voy a besar de miedo
por las orejas.

Te voy a amar bocabajo
como se bebe la tierra.

Y te voy a abrir de piernas
hasta la luna, en Y griega.

Llamaré al vino vino
y al ombligo ombligo:
te colgaré de las tetas
dos aguamalas,
y las lameré despacio,
como quien deshoja lámparas.

En los dientes quiero una esponja
de musgo y ámbar.
Y en una cuna de brazos
te voy a coger del pelo

con la boca derretida
en el pomo de una espada.

Si ya ni entiendes, niña,
si no entiendes nada,
si para ti
las olas no tienen alas
las alas no son de llamas
y las llamas no te escurren
entre los muslos, saladas,
no importa nada:

con tal que me des tus ojos
(tus ojos por las mañanas)
y tu rencor,
y tu espalda.

VIII

PARA cantarle al mar, me descerebro,
me despeño en mí mismo y me celebro,
me araño los deseos y me ofrendo.

Me empalabro, me enfrasco, me fraseo,
me arrecifo y en tufos me desangro,
me engurruño y concilio despertares,
me colijo y prolijo, enfervescido,
me ahorco con los rictus y malicias
que de la primavera resucitan.

Para cantarle al mar me desencanto,
me apantallo entre bosques farallones,
me lamo los sollozos y penumbras,
me abuzo, pues, sofoco y me amordazo,
y apechugo centellas fluorescidas,
me penetro en mis ojos, los incendio,
los acuño con cuñas agridulces,
y a la vista a la sombra me engavioto,
me empelicano de ostentosos buches
que paren lechos, frútices de piedra
en las campanas de la adormidera.

Para cantarle al mar, me contoneo,
me atosigo, entredicho y desgañito,
me escabullo en mi páncreas analítico,
me encarnizo en mis párpados de filtro,
me aperplejo en meollos como bólidos,
me balbuceo en tornasoles soles,
me harapiento de lunas tornalunas,
me obelisco y rebozo, me encascaro
en espumosas brasas ululantes.

IX

RÉMORAS

1.— Con tinta escribo —de jazmines—, pureza que
cicatriza
lustral anhelo,
en tanto que plúmbeos hermafroditas llueven, sumergen,
los azafranes del terciopelo,
y el éxtasis se redondea: las fosas celebran
los cumpleaños del viento.
2.— ¡Que giman los astros y se claven las sierpes
en espejos ebrios!
Criaturas predilectas sueñan himeneos,
proliferan tácitos, lacios aleteos,
y mistrales fuegos apaciguan transparencias sacrificadas
por el tedio:
de eucaliptos dorados seré yo mancebo
en los hervores de abanicos damascenos

3.— Necao el Egipcio, de piélagos dueño:
de andrajos lo visten parvos ángeles longevos.
En los lamidos patios del oleaje, burbujas ha de hollar
Neptuno el lagarero.
¡Alabad la diafanidad del narciso, que se desliza
por la blanca soberanía del deshielo!

4.— La noche desollada en líquidos helechos,
marullos y pendones, truenos,
y del velero hanseático, velas que se desploman
con fulgor de hierro.
5.— Barahúnda: las olas arman místicos criaderos:
¡Aclamad la majestad de los carámbanos,
y de los pólipos de las gorgonias su húmedo abolengo!

1.— Si hemos de invitar a Océano y sus cohortes
(ondinas de muslos príncipes)
que sus apabullantes coordenadas lime,
¡y estridulen las langostas
del Golfo de Patrás al sol, con coletazos carmesíes!
2.— Y que Fortuna, hija de los mares,
¡inteligentes caleidoscopios regurgite!
3.— Témpanos herborizo, labro:
(resplendentes guillotinas, las linternas de
Génova su filo me destinen)
4.— Como holoturia me despojo:
de azulejos en fuego brote un alfeñique
y el unicorne narval macho no se crispe.
5.— ¿O es acaso errabundo tudesco rubio?
¿galeón que en oblicuo olvido resucite?
¿ágata obcecada por lo blanco del cisne?

6.— ¡Dogmas de agua cristalina en girasol declive
la rimbombante caguama al fin predice!
¿o acaso un buzo-arcángel de celestial laringe?
7.— Son sangre y mar, ambos, salados:
(sapientes percebes folgan en sus confines)

8.— Luto abisal de mil y un días, fiebre solar de pleamares:
Buscad al sur de Mindanao,
¡no hay tal joya como la plétora infalible!
Las yemas de mis dedos lamo,
y arenga de cal y canto es el jengibre.

1.— ESCARBAN las zancudas aves, de la borrasca
el inmarcesible patrimonio.
Esgrima en espiral, bucles, espuma es de la mar
encaje perfunctorio.
Brazas de cúpulas adentro, de opalina su lecho
cenobial tachono.
¡Que las redomas apremien flujos y sofoquen corvinas
de acuático protocolo!
2.— ¡Load la sordina de la sal, y el múrice tinto en sangre,
máscara de polvo!
Albacoras luminiscentes: falo —el de Neptuno—
desmesurado hisopo.
Aires de invisibles raíces, parajes de ambiguas lascas
arrebolo.
En caudas de cometas, altos sicomoros
son cementerio de exorcismos y de furias manojos.
3.— La Novena Eucaristía: dormido el tiburón,
de dientes hace acopio
¡Y nunca fue del cormorán más dulce el ocio!
4.— El ábrego vivifica: con rítmica, undísona matriz
desovo

congrios espinosos y otros peces incongruos,
cangrejos ermitaños y caracoles en diptongo.
5.— Y a la deriva del bajío, ebrio de calcios y manganesos
me esponjo
en apacibles promontorios: soy Némesis, que suelta las
amarras
para encallar en el atardecer del opio.

X

EN HORNOS

Cuando yo era un niño,
en la playa de Hornos,
en Acapulco,
jugaba yo a las maromas
con los aromas del mar.
Olorosas a yodo y a salmueras,
las olas me revolcaban,
y yo mordía la arena,
y la boca
se me llenaba de qué otra cosa podía ser,
sino de pura arena.

Después, la vida o no sé qué,
me ha revolcado de lo lindo,
y el alma,
qué otra cosa podía ser, sino el alma,
se me ha llenado de piedras,
y de una espuma olorosa
¿a qué otra cosa podía ser,
sino a la boca de la muerte?

XI

LA PESCA MILAGROSA

Con la punta de la lengua inmersa en las espesuras del sueño, en los ojos el tatuaje de las islas y los pies hundidos en una viscosa gelatina de topacios, y en la medida en que la fiebre, esa fiebre redonda que es discípula del diablo me permitió atisbar los rudimentos de la noche y hurgar en los mediodías lubricados con oro espurio, lancé al mar mis redes de exquisitas filigranas, y las redes se preñaron de anguilas, por cuyos lomos satinados corrían ríos de hostias negras como pupilas asustadas.

Pero algo más cayó en las jábegas y mallas, atarrayas, que lancé a las ondas de los siete mares y algunos más: encontré el cuerpo inane de Alcione, la mujer griega que se arrojó a las aguas a la muerte de su esposo Ceico: apenas saqué las redes del mar, levantó el vuelo, transformada en el ave de su nombre. Volví a echar las redes, y atrapé entonces el cadáver de Safo de Mitilene, la de las trenzas violetas, quien quiso que se la tragaran las aguas al ver su amor desdeñado por Faón, el varón que por obra y gracia de un perfume que le obsequió Venus se convirtió en el más hermoso de los mortales. Fue por otras razones muy distintas: para librarse de los lascivos deseos del dios Apolo, que Boliné, muchacha de Acaya, se arrojó al mar. A ella también la enredé en mis artilugios, pero estaba viva, viva y temblorosa, empapada en dos distintas aguas saladas: la del mar y la de sus lágrimas, porque el dios, compasivo, le había concedido la inmortalidad. Con su dulce piel tapizada con archipiélagos de máculas pardas y doradas: pardas por la tinta de las sepias, doradas por la lluvia de oro en la cual se transformó Júpiter para hacerle el amor, saqué del mar a Dánae, que fue obligada a entregarse a las aguas por su padre Acrisio, colérico por el desaguisado cometido con su hija por el Padre de los Dioses. También Dánae respiraba: la llevé, en mis brazos, hasta una de las islas Cícladas y la deposité en la playa. Así, en mis ires y venires por los diversos mares: el Cantábrico, el de Mármara, el Jónico, el Ponto Euxino, recogí los restos de quienes, por no soportar el sufrimiento que los agobiaba en la tierra, le ofrecieron su vida al mar. Hécuba, quien, tras haber asesinado a los dos hijos de Polimnéstor, se lanzó al Helesponto para liberarse del yugo de Ulises. Leucotea, conocida como Ino, la diosa color marfil quien a su vez dio muerte al hijo que tuvo de Atamante, y se arrojó al mar de Megárida, abrazada a su otro vástago. Egeo, quien pensó que su hijo Teseo había sido devorado por el Minotauro, y que, con su acto suicida, bautizó al mar que desde entonces lleva su nombre. De las profundidades del Mar Caspio, donde mis artilugios se volvieron blancos, sólo rescaté una estatua de sal: la mujer de Lot. En los alrededores de Abalo, isla del mar germánico, de cuyos árboles mana el ámbar, mis redes permanecieron vacías, pues se sabe que nunca aparecen los cuerpos de quienes se ahogan en la cercanía de sus costas. En una ocasión, en medio de mis vaivenes de pescador bisoño, viajero perpetuo del mar Jónico, del mar de Bering, del Báltico y del mar Rojo, cogí, en mis redes, otra red: la misma en la que fue transformada Dicté, la ninfa amada por el rey Minos quien, desdeñada por éste, quiso ahogar su dolor en el mar. Una vez vi pasar, a mi lado, el cofre donde Reo fue encerrada y arrojada a las aguas por su padre, a causa de haberse entregado a Apolo: el mar la llevaría hasta las costas de Delos. En otra ocasión pasaron al lado de mi embarcación, rumbo a la isla de Lesbos, la cabeza y la lira de Orfeo. ¡Qué no vi entonces suceder, transcurrir, aparecer, en esos mis largos peregrinajes por las comarcas de Neptuno y las tres mil Oceánidas! Vi a Filoctetes, quien arrastrado por el mar a las costas de Italia, fundó las ciudades de Petelia y Crimisa. Vi cómo brotaban de las aguas, para ofrecerme refugio y reposo, las islas Espórades. Vi nacer a las sirenas de los amoríos de Aqueloo y Melpómene. Contemplé cómo el príncipe Agapénor, de regreso a Troya, naufragó en la isla de Chipre para fundar la ciudad de Pafos. Vi salir del océano a Tetis y las Nereidas para recoger en una urna de oro las cenizas de Aquiles, asesinado por Paris. Vi pasar, por último, a Palinuro —por otro nombre Jasides— piloto de la nave de Eneas, que dormido cayó al mar y dormido lo llevaron las aguas hasta el Cabo Spartivento, también llamado Cabo Palinuro, donde su cuerpo quedó insepulto.

XII

ME HARÍA yo a la mar, la mar de avena,
mar apacible y quieta, mar serena.

Y si así yo lo hiciera, el mar me haría
jefe supremo de su gallardía,

coronel de marismas y de esteros,
y archimandrita de sus hervideros,

dueño de pleamares opulentos
y de felices, apurados vientos,

capataz de tormentas y ciclones,
vendavales, nevascas y tifones,

amo de borbollones y sirenas,
de embates, golfos, cabos y ballenas.

XIII

Cuando tú eres el mar, el mar entero,
me bebo tu rubor a bocanadas,
y en las rendijas de tu suave sombra,
deposito semillas de alabastro.

Me detengo en tus pechos que cintilan,
atónitas esponjas empapadas
en la leche de un astro acuchillado,
baluartes de orozus y piel de ave:
allí busca su cuna la blancura,
allí encuentran las olas la ondulada,
limpia tibieza de su epifanía.

Me detengo en tus pechos, los sorprende
mi boca ultramarina, boca encinta
de tus besos y adioses, de tu cuello,
de tu aliento huracán de claridades
y tu saliva, surtidor de ángeles.

Cuando tú eres el mar, el mar a solas,
mar contenido en redes de palabras,
te navego sin velas y sin remos,

sin timones, sin proas y sin quillas:
mi cuerpo es una barca una piragua,
mi sexo un relámpago del alba,
bogan mis manos con su propio viento,
y viento en popa te penetro y entro
en tu carne de tierno lapislázuli,
en tu bullicio de diamantes líquidos,
antesala de alcobas milenarias,
y de insepultas dársenas umbrías.

Cuando tú eres el mar, yo te navego
en el ámbito verde de las olas.
Cuando tú eres el mar, yo que soy cielo
te cubro de arrobadas humedades,
y mi lengua que es brújula de seda
se zambulle en el norte de tus labios,
y en el sur de tu vientre se aposenta
con el fervor de un ave deslumbrada.

Cuando yo soy el mar, el mar sediento,
yo viajo a las honduras del silencio
y me topo con hálitos ardientes
que revientan de amores y de olvidos.
Cuando yo soy el mar, yo soy la yedra
con lentitud de áspid, que te abrasa,
soy festín de alborozos, soy los astros
de cobre y los calvarios rumorosos
donde la disipada tarde prende
a tus mejillas frutos fulgurantes
de un aura de estanques matinales.

XIV

EL BARCO DE LOS LOCOS

UNO de los viajeros del Barco de los Locos solía, cada año, llevar a la nave a la Bahía de Topolobampo, en la cual, estaba convencido, se reunían todos los delfines en los que dioses, héroes, guerreros y piratas se habían transformado, así como todos aquellos amables cetáceos que alguna vez habían transportado indemnes a la costa a náufragos y diversos personajes que por distintas razones estuvieron a punto de morir ahogados. Y así era: apenas el Barco de los Locos fondeaba en las aguas de la bahía, asomaban sus lomos aterciopelados los delfines que condujeron a salvo a la playa al joven griego Fineo y con él a su compañero Enalo, quien se había arrojado al mar para rescatarlo. Saludaba también a nuestro loco el delfín que se ocupó de la vida de Falanto tras haber éste naufragado, habiéndolo conducido a Tarento. Estaban allí los compañeros del pirata tirreno Acetes, entre ellos Epopeo, a quienes el dios Baco, apenas despertado de una mona fenomenal, convirtió en delfines. Igual destino sufrió otro pirata también tirreno, Licabas, por haber osado raptar al mismísimo Baco, y allí, en las aguas de la bahía sonorense, el delfín que lo había guiado a tierra conversaba con el loco de marras.

No faltaban, desde luego, el delfín que protegió a la madre del dios marino Palemón, cuando, loca de furia contra la diosa Juno, se precipitó en el mar y, según la leyenda, fue llevada por la dulce bestia hasta el litoral de Corinto; ni el delfín sobre cuyo lomo Taras, hijo de Neptuno y de una ninfa, con un tridente en una mano, una maza en la otra y sobre la cabeza una lechuza, viajó en procelosas aguas para fundar la ciudad de Tarento ni aquel otro que salvó a Telémaco cuando éste fue tragado por el mar, hazaña por la cual Ulises, como es sabido, mandó dibujar la figura de un delfín en su escudo de armas.

Todos ellos hacían las delicias de nuestro loco, allí, en Topolobampo.

XV

Soñé que el mar era una sola palabra,
y que yo debía pronunciar su millón de sílabas.
De estertores de azul cobalto encandilado,
se me salía el mar por los ojos
y el nácar que lucían las muchachas,
manchados sus cuellos de efélides
en las que el sol había tejido sus mejores mariposas,
se vio ceñido por lágrimas duras como granos de arroz.
Yo debía, también, pronunciar el millón de muertos
que tiene el mar, y hablar de sus descascarados fuselajes.
Los muertos del mar tienen la boca llena de musarañas
de gelatina.
Sus cráneos son efímeras escafandras de hulespuma
donde revolotean acezantes polillas encendidas,
y en las que anidan pulpillos cuyos tentáculos
asoman por los hoyos insondables de sus fosas nasales
como si fueran negros mocos espeluznantes.
Los cadáveres del mar sonríen. Sus dientes son ventanas
del invierno.
Sus caderas, vertederos de inmundicias prístinas.
La noche penetró por sus poros a borbotones
y los inundó con deliquios de aspereza mineral,

hasta volverlos invulnerables a las estridencias y las saetas de la luz.
De secretas tempestades polares se alimentan sus gargantas.
Los muertos del mar guardan en sus ojos esferas de agua, y sus costillares son jaulas de vidrio donde se inflan petulantes peces rojos.
Las sirenas tiñen sus inexistentes heridas con la tinta de calamares resbaladizos, y sus médulas como bambúes se ensartan en los tragaluces de la cúpula del mar.

XVI

A BENDECIRTE, mar, yo me consagro:
te encierro en un poema y un milagro.

Invento y tejo tu invisible historia,
y de ella el continente: mi memoria.

Memoria que se empapa y se perfuma
en los adioses blancos de la espuma.

Hoy vives en mis ojos, hoy habito
la consonancia azul de tu infinito,

y hago de mis palabras tu recinto:
palomar, casa de agua, laberinto.

Hoy que muero de amor por ti, de bruces,
en un remanso de quebradas luces.

XVII

A MANERA DE HAIKAI

El mar se agota,
cuando se esconde, entero,
en una gota.

Al mar no le da pena
revolcarse en la arena

y hacerse nudo
con la verga del río
negro y desnudo.

XVIII

En el cascarón del bochorno antiguos temporales rumiaban sus viejas levaduras: raíces absortas que en agónicos resquicios se deslizaban hacia la insania. ¡Oh árbol de las infinitas ramazones de las que cuelga el espanto! ¡Oh mármoles de afeminados centauros cuya apretada melancolía está ceñida por encrespados lazos de burbujas! ¡Oh esponsales del polvo en los alveolos otoñales de turbias nebulosas! ¡Oh impolutas estancias de agua, enlutadas ciudades baldías donde planetas de estaño tiemblan en la flor de la noche!

¡Oh diurnos adolescentes que blanden sus fieras victorias con la espuma hasta el ombligo, mientras chapotean en miasmas en las que se ahogan sus deseos! ¡Oh racimos de súbitos, cabizbajos pastores de fuegos y brasas, ensimismados fantasmas que cortejan a la engreída muerte! ¡Oh nubes de organdí que en briznas de platino se desgarran, coléricas!

XIX

Yo diría que, si dijera, por ejemplo:
diques que vuelan distancias insignes,
membranas vitrificadas del horizonte,

estallidos heredados de las guadañas de las olas,
la opaca presencia de naves zozobradas,
verdes esteros con sabor a menta,
dijo, si dijera todo esto, no te estaría diciendo.

Yo diría, en cambio, que si nunca dijera:
los huérfanos suspiran en sus nidos prenatales,
sus gritos azulean el espacio,
y mientras a unos muchachos ciegos
les embuten la luna en la cuenca de los ojos,
la memoria, toda, busca su nivel de flotación
para no naufragar entre quemazones y olvidos.
Digo, si yo no dijera esto,
tal vez te estaría diciendo.

Pero decir es un decir.
Así sea lo primero

que se dibuje en el recuerdo:
por ejemplo, la cara de mi madre,
en la que danza un inmortal cangrejo
que se da baños de pureza y agua de mar.

XX

EL BARCO DE LOS LOCOS

EURO, viento cardinal del Este, y a quien solía representársele, en la Torre de los Vientos de Atenas, cubierto por un largo manto. El viento Noto, joven imberbe que desborda el contenido de un vaso que sostiene con una mano. Tifón padre de la Quimera y amo y señor de los vientos tempestuosos. Y en fin, todos los doce vientos que engendró Eolo y entre ellos los que acompañaban a Euro en la torre octagonal de Andrónico Cynesteo, como Afelioteo, cuyos símbolos eran la miel y las frutas; Coecias, representado con un disco de metal del cual mana el hielo; Scirón, que ventea las cenizas del fuego; Bóreo, acompañado de una concha, y que tuvo dos hijos gemelos, los Boreades: Calais y Zetes, que, uno con suavidad —Calais— y el otro con fuerza —Zetes— empujaron con toda fortuna a la nave Argos y que en premio fueron transformados en estrellas. Céfiro hijo de la Aurora, joven alado que arroja a su paso bellísimas y fragantes flores, y quien en algunas ocasiones fue malvado, como cuando se robó a la ninfa Cloris de las Islas Afortunadas, y las más de las veces benévolo, como el día en que, habiendo sido Psiquis condenada a permanecer en la cumbre de una altísima roca, la transportó a un maravilloso palacio donde era atendida por ninfas invisibles: el mismo Céfiro al que se le erigió un altar sobre la vía sagrada que comunicaba a Atenas con Eleusis, y al cual Eolo dejó libre habiendo encerrado a sus otros once hijos en un odre de piel de buey que entregó a Ulises. Y, en fin, los pódromos, como llamaban a los vientos que soplaban ocho días antes de la canícula, y los vientos alisios y los contralisios, los altanos, el etesio del Levante y todos los vientos imaginables, fueron capturados y guardados, en sendos frascos cristalinos, por un gaviero del Barco de los Locos, que se pasó la vida, por mar y tierra, presa de la locura —o diríamos mejor: de la ventolera— de encerrar, como lo hizo Eolo, a ciclones, remolinos, trombas, ventiscos, vientos terrales y aquilones, mistrales, lessuestes, vientos plataneros y matacabras, vendavales, con el afán de resguardar a los mares de su amenaza y navegar por ellos como por un espejo con la sola ayuda de amables brisas y gentiles auras sin la necesidad de elevar preces a San Telmo o a Santa María de los Buenos Aires. Pero se recordará que los marineros de Ulises se embeodaron y rompieron el odre, y así como de la caja de Pandora se escaparon todos los males, del odre surgieron todas las tempestades. Pues bien, una noche, una malhadada noche, fue el mar el que se embriagó y azotó con inusitada furia al Barco de los Locos contra las rocas, y al hacerse pedazos los frascos se originó un tornado que levantó al barco por los aires, y así como giraba la nave en brazos del remolino, giraban también alrededor de ella, a una enorme velocidad, las nubes y las estrellas, los planetas, los cuervos y las guacamayas, las máquinas de coser, un excusado color de rosa, un serafín que había perdido el rumbo y la bruja del Mago de Oz en su bicicleta. También salieron libres, pero en la barahúnda nadie se fijó en ellos, un *sirocco* con delicado aroma a fresas como el que presagió la epidemia de cólera de Venecia, un monzón como los que golpeaban el rostro de Clive de la India en los mares de Indochina, un simún como los que solían atezar la piel de Lawrence de Arabia, y un viento Norte como aquellos que, en Veracruz, llenaban de arena la capa del Caballero de Ventimiglia, conocido también como el Corsario Negro.

XXI

AMAR A MAMÁ-MAR

MADRE, si tú de verdad fueras el mar,
yo sería las nubes de mentiras
y te sorbería los sesos
con una pajilla último modelo.

Madre-Mar, Oh Madre Atrabiliaria:
tu bilis negra
te pringó un poquito el alma,
pero yo te la lavé con mi lengua,
lava que lava, laboriosa,
hasta dejártela preñada de lavándulas.

¿En qué te puedo faltar, dime:
en un hueco acaso, intacto en su silencio?
¿En el desteñido desamparo
que se muere de sed, que a cuentagotas
cuenta los signos de tu inmaculado exilio?

¿Y en qué te puedo hablar, dime:
en el lenguaje de los alcatraces?
¿Con el tartamudeo del rocío?
¿Con el doble sentido del que brotan
la muerte y sus vahídos?

Ay Madre atosigadora, candil del sur, novia
de los arenales color cereza,
aerolito de los azules aforismos,
ramillete de bríos y súbito río
de incienso como leche, de genuflexos
y ateridos bostezos.
Ay Madre-Mar, Madre al garete
en humos de años, en enjambres de días,
perdida en apretujadas conveniencias
que olían a universos desplomados.
Oh Madre-Mar-Marina, Madre mía,
oh mar: así te vi: pegada
a tu piel de salamandra peristáltica,
camaleona, cama de leona
con holanes y leonas olas de melenas
prodigiosas:
perdóname tanto juego de palabras,
tanto brinco,
tantos huevos de palabras: en sólo uno,
pequeño como creer en Dios,
yo fui la huevecilla entera,
el huevo pasado por tus aguas,
tus tibias aguas amarillas y didácticas.

XXII

Allí, en el más bajo de tus bajos fondos,
en la más oscura de tus oscuras vulvas,
todo lo que relumbra es oro.

Tienes, en esa noche, una hostia viva,
una gran ostra palpitante
de la que bebe el cieno su sustancia más lúcida.
En ese cieno, tapizado con el verde verdemar
de las tubíporas, brillan las palpitaciones
del Echiostoma y, en volutas onduladas, los clisóstomas
dorados.

Allí se explayan
las frivolidades luminosas de la sepia fluorescente
que luce una corona titilante de duchas en flor,
en tanto se abre paso entre los dedos de los muertos
la pomposa medusa abisal.

Es allí donde mi propia oscuridad se solaza a sus anchas,
allí, entre tantos astros triturados
y la multitud de soles
que se derriten, como las babas de un abismo,
al extraviarse en la hornaza de los colores perdidos.

Allí, donde las melifluas laminarias
se transforman en cueros vivos,
y luce el áster granate sus profundos ojos cerúleos.

Es allí donde brilla mi ignorancia.

XXIII

PROVERBIOS DEL MAR

QUIEN busca mantarrayas en las nubes, encontrará sorbetes anquilosados.
Un abulón híbrido siempre se cocina al piano.
Un equinodermo dorado suele dormir al borde del chiste.
Bebe vientos foráneos y te adornarás los ojos.
Un tiburón reclinado es una invitación al simulacro.
Quien con cartas náuticas cohabita, mata al frío de un plumazo
Buen gaviero aquel que canta, y no el que de un palo se ensarta.
No todas las bajamares descienden de aristocracias azules.
No es piloto el que repica, sino el que se desayuna bastiscafos.
Con saliva de regatas no se engaña a las estrellas.
Quien espumas colecciona, con la vigilia se casa.
No se traga un trasatlántico sin respetar las señales.
Tridente de cuatro dientes no conviene a la lamprea.
Recios son los sextantes que presumen de cartílagos.
Cuando el vértigo anda descalzo, pon tus bahías a remojar.
No hagas promesas al pez-martillo que no has de clavar en tu recámara.

Sirena que no se arrastra vive más años al sol.
Cría fiebres recónditas, y te vestirás de bacalao.
No le busques a un nautilo veinte patas, porque te morderás el alma.

XXIV

¡Oh adivinos que del mar sólo adivinan, de sus fuegos elípticos y los torbellinos más dulces, aquellos que se tragaron a mil marineros que brillaban por su candor!

¡Oh mentores cuyas lenguas, como molinos de viento, maceran la cizaña estelar!

¡Oh profetas que dicen hablar por el crepúsculo fiel a sí mismo y a sus heridas anaranjadas!

¡Que Leviatán, a zarpazos, desgarre vuestros sudarios de piel de comadreja y que la muda debacle del Universo ahogue los talismanes que algún día florecieron en vuestros labios!

¡No desgaje mi canto las máculas que aderezan vuestra piel con cosmogonías de claridades que claudican al roce de mis pestañas, y que el ejército de mis palabras no dé tregua a la inclemencia que enaltece vuestras amordazadas, instantáneas certidumbres!

¡Yo, oficiante del delirio, peregrino de una encarnizada vigilia, os conmino a soportar vuestras purulentas investiduras con litúrgica paciencia!

¡No será, escuchad, no será con un pensamiento encarcelado en un corpiño de tímidas inercias ni con una lengua enroscada alrededor de una magra plegaria que he de desnudar la turbiedad que unge vuestras ilustres llagas!

¡Oh profetas de los siete mares y de las mil y una islas, augures del millón de astros!

XXV

PARA cantarle al mar, me linotipo,
me escribo, corrijo, estereotipo,
de metáforas cónicas, parábolas,
y bitácoras grímpolas y náuticas.

Para cantarle al mar me caligrafo,
me imprento, imprimo, expreso, exprimo
el jugo de las oes, íes, úes,
me como de las efes los furores,
de las áes los cuellos de los ánsares,
y lamo de las eles las lisuras
y de las uves bebo las volutas.

Para cantarle al mar, me displicento,
me engargolo y me quiebro, me aspirino,
me cocaino y me alcoholo, cocacolo,
me enmariguano el alma, me mareo,
me navego en reversa, me enarbolo,
me pistono y me entuerco, me atornillo,
me engranajo y me pinzo, desternillo,
me atosijo y trasijo, contradigo,
me atoro y me desdoro, me embarroco,

me alarifo y ladrillo, me atarjeo,
me rococoro, alhambro, churriguero,
me alcantaro de plata y plateresco
y de poemas niños encanezco.

XXVI

DÉCIMAS DE LOS CAPITANES

El hallazgo de Barbarroja

De sangre libidinosa,
por tierra, por mar y cielo
volcó voluntad y celo
por dar con mujer hermosa
que lo amara como esposa.
Hasta que al fin en la ruta
de Singapur a Calcuta
encontró su buena estrella:
una moza fresca, bella,
cálida, amorosa y puta.

Muere a bordo el Capitán Stertebeker

Entre la niebla de plata,
sobre las aguas de nieve,
navega con viento leve
la carabela pirata

del estandarte escarlata.
El capitán es un tuerto
que tiene un ojo despierto,
y su lengua larga y dura
baja de la arboladura:
el capitán está muerto.

El almuerzo del pirata protestante
"Tonerre de Dieu"

El rey de los luteranos
satisfacía sus antojos
arrancándoles los ojos
a sus cautivos cristianos
con sus mismísimas manos.
Y no gustándole el fiambre,
para darle gusto al hambre
los comía sin miramientos
con sal, cebolla y pimientos,
asados en un alambre.

La Capitana Mistress Ching
muere sobre el combés

Siendo de nacencia paria,
diario se bañaba el alma
con aguardiente de palma
para ser la gran corsaria,
Mistress Ching, la sanguinaria.
Mas quiso la mala suerte,

que todo cambia y pervierte,
que en un combate, un francés
caída sobre el combés
la encontró y le dio la muerte.

XXVII

A LAS arenas lacias de la playa
el agua llega, sueña, se desmaya.

Flor del alba, la espuma, diminuta,
estalla en copos de nevada fruta.

Dulcísima y tenaz perseverancia
de brillos nueva y de premuras rancia,

lame los muros con fervor de esclava,
los lustra y ensaliva, los deslava.

¡Es la espuma del mar, que brilla y arde
en los suburbios tibios de la tarde!

¡Es la espuma del mar, la espuma alada
del sol y la sorpresa enamorada!

Se apeñusca en los pozos de la piedra
y crece en sus aristas, como yedra

mordaz y rencorosa, alada y pura,
y de blanca, blanquísima espesura.

Nieve bruñida que parió la nada
y con alas de ángel afelpada,

es apacible prado de azucenas
tempranas, frescas, húmedas, serenas.

XXVIII

Los cráteres excavados por antiguos cataclismos
se entregaban a una extraña embriaguez.
Sofocado por una nube de alhelíes,
dormía un niño sobre el anca putrefacta
de una yegua que en sus abriles había sido espléndida,
y era como si durmiera entre los burbujeos
de semillas que volaran rumbo a las ventanas del sol.

XXIX

Un corazón calado de marismas,
golondrinas que anidan en las cofas
y crepúsculos de viento coronados
me piden, y con ellos la ocarina
de piel con veleidades de amaranto,
la cabrilla enroscada en su memoria
y el sol azul de las azules alas,
de albores encendido y martinetes,
me pide el mar, el mar, el mar eterno
que se muere de ocios turbulentos,
y en tanto escribo que se monta el día
en el júbilo verde de una ola,
y juro que el fulgor de su ardentía
dormido está en los ojos de la sombra,
que hagamos de tu vientre un lindo valle
de yerbas de cristal y fresco aljibe
de brisas y convólvulos, de aromas
que rebosen de labios de muchachas
y botellones que transforme el día
en surtidores para amar la risa.

XXX

LOS NAVEGANTES CANTORES

NO RECUERDO si en ese viaje iba yo a vender una carga de esclavos a Brunei, o si sucedió en otra ocasión, cuando dirigía mi nave a Turquía, para recoger a los doscientos jenízaros que me obsequió el Gran Señor de la Sublime Puerta. El caso es que nos sorprendió en altamar una calma chicha que duró más de un día, y que yo aproveché para releer los Nueve Libros de la Historia, de Herodoto. Estaba yo absorto en la expedición que llevó a cabo Cambises, Hijo de Ciro, contra los etíopes —que tuvo lugar después de la enviada para someter a los cartagineses— y que se vio obligado a interrumpir al enterarse que sus soldados, por hambre, se comían unos a otros, cuando sopló un viento ligero que me condujo a la embarcación del célebre navegante Juan de Verrazano.

El Almirante, de por sí mofletudo y rollizo, estaba inmensamente gordo. A propósito de canibalismo, me contó que una bruja le había vaticinado que sería devorado por unos indios panameños y que, habiendo creído en el oráculo a pie juntillas, lo que más deseaba en la vida era que sus futuros comensales disfrutaran de un platillo extraordinario.

Sentado en un columpio que colgaba del bauprés, tocaba una cítara y cantaba:

Si me han de comer mañana
sazónenme con pimienta,
una pizca de polenta
y virutas de manzana.

en tanto que, de trecho en trecho, suspendía el canto para atiborrarse con perdices asadas rellenas con higos de Esmirna y beber garrafadas de vino de solera. Me contó después el piloto de Verrazano que, de acuerdo a las órdenes del Almirante, cada noche le colocaban a éste un embudo en la boca, como si fuera un ganso, y mientras dormía lo repletaban con cientos de alfónsigos y cinco o seis azumbres de jalea de jacintos de Alepo.

En las mañanas, lo cargaban hasta una plataforma en la que estaban clavadas una silla y un arpa plateada, y levantaban la dicha plataforma hasta la altura del mastelero del juanete de proa y allí Verrazano tañía el arpa, y entre glisando y glisando cantaba:

No olviden el azafrán,
rellenadme con mandioca,
y que luzca yo en la boca
una rosa de Isfahán

Poco tiempo después, otro día de calma chicha en el que mi barco se vio rodeado de miles de medusas que parecían paraguas trasparentes, y que mis siervos —una docena de cipayos que adquirí en Timor— se encargaban de pescar, para cocinarlas de acuerdo a una de las recetas que aprendí del Capitán Nemo, una paloma mensajera me llevó una carta en la cual mi amigo el filibustero Menjouyn de la Cabanne me contaba la muerte de Verrazano.

En efecto, murió devorado por los indios, quienes habían acompañado sus suculentas carnes con una ensalada de salsifí y palmito de sagú.

XXXI

AMAR A MAMÁ-MAR

Oh Madre-Mar, amada madre pía, dura madre:
¡Qué lenta, qué frágil,
que suavemente duras en la dura ambigüedad de tu agonía!
¡Qué sonriente, qué doliente, qué pacientemente expiras
en toda la vastedad de tu avería!

Se averió tu vuelo de avaricias:
a quemarropa el ala de un ángel te arrancó un gajo
de tu alma prócer,
de por sí averiada por ser un avis rara y vespertina.

¡Oh Madre-Mar, Madre María, amada Madre Mía,
púrpura y puérpera!
¡Oh madre, eras la mar de linda,
la mar vestida de vaselina
Madre-Mar de los gobios y los agobios!

Madre-Mar de los calamares
y los pesares,
madre tinta y tintorera
que te me quedas, siempre, en el tintero.

Madre velero,
madre de vientre carabela
y cara y bella: entre tus muslos
mi más cara cara, mi mascarón de proa
lanzóse de pique al mundo,
a la picada mar amarga,
ungido de plintos y glomérulos
que eran como los goterones de la desdicha,
¡Oh, eras la mar de bonita,
y en tus dos pechos imberbes
de tez y teces de lisura sin fisura
ostentabas, más que ampos hipocampos,
algunas de las mejores esplendiduras y boniteces del mundo!

Oh Madre-Mar,
Altísima Madre-Mar-Marina de los Altamares.

XXXII

Cuando yo soy el mar, yo lo soy todo:
yo soy la cauda
irisada y en llamas, de la hidra,

y soy el potro azul de grupas de agua
y belfos de magnolia que salpica
viruelas irisadas en tu cara.

Cuando yo soy el mar, yo soy tu linfa
y el canto ensortijado en tu saliva.

Cuando yo soy el mar, yo no soy nada.

(Nada sino crisálidas intactas
y una vaga armonía de abanicos
de dulces fruslerías contagiada)

(Nada, si acaso una ovillada espera
en el vacío de una ola ciega,
que va y que viene, que se abre y cierra)

XXXIII

RÉMORAS

1.— DÓCILES gallardetes erijo: de azules simetrías
las olas no se culpen.
Príamo zenzontles ensarta y erizos sapientísimos
con especias sazona: polvoraduque.
2.— ¡Que la vela papahígo gerifaltes confabule!
—del pelícano el arcoíris:
duermen siete colores en su buche—
y que en sus arpegios las ostras catapulten
novicias insignias que honren las vías lácteas
con obstinados escribanos de recio lustre.

3.— ¡Que Cástor y Pólux, bivalvos, patentes de corso
con la luz comulguen!
—sumisas preces se desangran
para que los soplos del esperpento anuden—.
Doctor en caos e inclemencias,
yo sería, pese a mí, el único, cauteloso querube.
4.— ¡El retintín bebed, del mosto (que rémora no apañe,
cante
o no desnude)
y en las batientes, deshojado, solo, el recuerdo en sí mismo
se arrebuje.

5.— En afán de discernir estatuas, hurgo
en el escarceo de la belleza lumpen,
y por las araucarias de holandas agridulces,
y en las solfataras, flor de los betunes.
6.— ¡Ramo de dunas resquebrajadas: no hay lucentor
que a la mejilla no conculquen!
¡Asombráos de mi pitanza de nostalgias: no existe
algarabía
del mar, que no masculle!

1.— Entrañas lluviosas vigilan
anádromos salmones que papilas vierten,
y de Cape Cod en la vorágine
enjaeza el sol la nieve.
2.— Jibia chupadora, mi boca,
de nítido zooplancton rejuvenece:
¡Canto viril, te circunvalo:
sucumben en detritus andróginos mis huestes!
3.— Del abadejo de Anchorage, plateado jeque,
(bella durmiente es la esponja) fosforecen
en mis mejillas los mercurios del césped.
4.— Bogavantes perlas vuelan hacia su oriente:
¡Aprended que en la noche que se ahoga a sí misma,
negros de Minas Gerais,
blanca es vuestra muerte!
5.— No he de remar con remos mancos:
¡jamás el temple de Irlanda mi solaz arredre!
6.— Islotes soberanos arguyen:
¡El Camino de las Especias no es inocente!

7.— Y que los lenguados de Dover faranduleen:
¡yo ordeño mis propios calamarios
con mendicantes cosmos y amalgamados trueques!
8.— ¡Que pedestres y pederastas amanuenses los dispersen!
9.— Profetas de luminiscencias:
¡bebed de las alianzas el fragor de la leche!

1.— El fárrago de las hidríadas, trinchera de Las Marianas:
marabismo,
brilla con especiales lomos levantiscos:
gemas que restallan, triscan, en el sopor umbrío.
2.— Árticas sales, regolfadas, desnudan las playas
en pruritos vivos.
Foraminíferos afloran, para beberse al sol,
de lenguas encendido
y herbazales, sudarios, zozobran en las madrigueras
de corazones subrepticios.
Venas que se quiebran, mansas, al martirio,
sediciosas son, mas olas de pechos lisos.

3.— Negrísimos fiordos, cantiles, y en el delta del río,
mangles ateridos,
mariposas glaucas, sed y pan de olvido.
4.— Calcinados finisterres (días apresados en la furia del
estío),
armónicos laureles de rotundos vinos,
y bajíos como prismas, del Océano Rey
policromado envío.

5.— Daga de acero toledano más soberbio, *hélas,*
que el más alto delirio,
repite irrevocable muerte por los acaudalados
cauces de los ríos:
mudos angelotes de popa brotan, flor y nata
de un bello latrocinio,
y estatuas de cierzo blanco lloran de rodillas
en tanto que agonizo.

XXXIV

No es la astucia, el caletre, el claro juicio,
la iluminada rosa de la inteligencia
la nave en que navegan mis palabras:
las túnicas del sol no son su insignia
ni las velas preñadas su fortuna.
Como guantes bastardos de la noche
que viajan de mi boca a las planicies
de las más apacibles de tus playas
y anclar quisieran con la lengua izada
en tu vientre, remanso de quietudes,
naufragan en los cántaros del aire,
en el silencio apátrida del aire,
en la inasible soledad del aire.

XXXV

EL BARCO DE LOS LOCOS

BAÑABA la marea alta, cargada de especias de Oriente, los costados del Barco de los Locos, donde un orate se empecinaba todos los días en descubrir goletas, trasatlánticos y paquebotes voladores. En las noches, solía confundir los luceros de Casiopea, las Hespérides, Andrómeda y otras constelaciones, con las parpadeantes luces de los camarotes de embarcaciones que navegaban en las alturas, el amor de las tinieblas.

Otro loco se moría de congojas torrenciales, de afectada lentitud.

A otro, las arenas le flameaban los nervios, que eran como perpetuidades trituradas por las tenazas de cangrejos metálicos.

Algunos locos, conocedores de las maquinaciones de las que es capaz el universo, no conocían sino las dimensiones del espanto, y apenas si tenían en la vida otro asidero que el estupor.

Otro, sacerdote, bucanero y chiflado de profesión, elaboraba hostias amarillas que, decía, eran como soles planos con los que iluminaba y calentaba las almas.

Uno más, cuando el barco llegaba a la Isla de Bocanegra, obligaba a su mujer a lavar y restregar con lejía y jabón de Marsella todas las velas del barco: trinquetes y mesanas, foques y contrafoques, cangrejas y bergantinas, para tenderlas después de palmera a palmera. Hasta que un día, estando tendidas las velas, el mismo viento que ayudó al Rey Fineo a huir de las Arpías, desató sus soplidos y la isla levó anclas y comenzó a navegar. Se transformó así en el primer barco de la historia que además de tener una montaña, un lago de agua dulce y varios ríos, parecía una segunda Arca de Noé, puesto que unas enormes tortugas de caparazones bermejos se paseaban a sus anchas por el castillo de proa, los tucanes revoloteaban por toda la arboladura, los flamencos dormían parados con una sola pata en las vergas, y unos monos color gualdo, colgados por la cola de los cordajes, les tiraban cocos a los tripulantes y escupían huesitos de dátil a todas horas del día. Había también multitud de mariposas amarillas y negras, azules y anaranjadas, que se posaban en el timón, en el cuaderno de bitácora, en la nariz del capitán, en los platos de sopa y en los sudarios de los muertos arrojados por la borda.

XXXVI

El arcoíris, desmayado, flota
sobre las aguas luminosas, rota

el agua en mil fragmentos de colores:
azul la cresta, blancos sus rumores,

su danza es del color de la esmeralda,
dorada su resaca, ámbar su espalda,

endrino el corazón mientras más honda,
y verde bosque su apretada fronda.

XXXVII

Sólo la soledad, la sola y abolida,
noctámbula y preciosa astilla vertebrada
entre turgentes algas, frondosa y salpicada
de levadizas rachas, de mendrugos
de sal que estallan como senos
por incontaminado fuego desollados,
de las vísperas desatadas, márgenes amargas
de exquisitas, derelictas frutas extinguidas,
de antiguallas y perfumes
en el camino de los crisantemos-cálices,
de plegarias y torbellinos de rayos escaldados
de tenues desnudeces incubadas
en el deleite de palabras desbandadas.
De las palabras olas, solas, alas, limpio limbo
en el que ápices de huertos y de paisajes-címbalos
en mediodías heridos por la luz se desparraman
y se enraman, entroncan y raízan
en gorgueras y gárgolas de espumapájaros bisiestos
y alhajados espumarajos, bujías y vejigas
de celestes orines flordesilados, anquilosadas
avispas de hélices como soles en vigilia.

XXXVIII

Para cantarle al mar, me emperogrullo,
me divierto y trasvierto, me trasviento,
me aparejo de olas caracolas,
me atavío de náyades, bahíos,
me amaino acogollado de los pairos,
me careno, encarezco, me enrarezco,
me desacuerdo, encuerdo, me recuerdo,
me engavio de gaviotas y ultramares,
me empechino veneras, me encollaro
con nácares y búcaros, careyes,
me conchaperlo ombligos polivalvos,
con piyamas de algas me aderezo,
me endomingo con lunes ensabados
y borborigmos son mis abalorios.

Para cantarle al mar, me desanudo,
me coloco, trastoco y merolico,
me pasaporto y viso, me extradito.
me empluvio y me descorcho, lipotimio,
me tumoro y jarabo, me tarugo
me inteligento, oreo y me sabihondo,
me infarto y me baipaso, me colapso,

me diezmo y no me alcanzo, me estupendo,
me pifio, aúllo, kiosko y predilecto,
me monsergo, me rabio, escuajaringo,
me descalabro y bufo, me bustrófedo,
me enharino de miedo y me espumeo,
me brillo de impaciencia y soy de vidrio,
me jacarando, emperejilo, estallo,
me desteto en las chispas y me encuervo,
me esponjo de pupilas y me quiebro,
me ventilo de pájaros y vuelo.

XXXIX

AMAR A MAMÁ-MAR

¡Oh mamá, Madre Mía, Mariana Mar-Madrina,
Madre mía Azulmarina:
por favor toma mis excrecencias lingüísticas,
y mis exuberancias prosopopéyicas,
tómalas, bébelas,
y envuélvelas de nuevo y de viejo en esos tus suntuosos,
untuosos líquidos propiciatorios,
y consérvalos en papel crepé
qué digo toda la vida:
consérvalos toda la muerte,
en el tugurio más ventilado de tu vientre
envueltos, sí, como un regalo
para tu niño consentido y sinsentido,
y con un moño rojo
tejido con tus esclerosados listones coronarios,
Madre Pura, Madrépora Madre mía,
diáspora de mis días, noche de mis cantares.

Madre: fui tu jonás por nueve meses,
por nueve veces treinta
sufrí, nadé en mi espera,
dentro de la oscura pera

de tu matriz, perita en dulce,
que al correr, volar de los días
se volvió una calabaza de Halloween
iluminada por mi vela-verga en vela.
Allí, mi primera eyaculación prenatal
te tapizó de nebulosas y faroles,
de escupitajos siderales,
de espermáticas y lácteas aerovías
que titilaban
en la velada diuturnidad de tu cianósfera.

¡Oh Madre-Mar-Marina, madre mía Marítima!

XL

Me hiciera yo a la mar, mar diamantina,
de aguas de turquesa y tinta china.

Y si así yo lo hiciera le daría
al mar mi vida entera, mi alegría,

mi calma, mi esperanza y mi premura,
mi sensatez, mi juicio, mi locura.

¡Me hiciera yo a la mar, mar agorera,
la mar de la leyenda y la quimera!

XLI

LOS NAVEGANTES CANTORES

¿Era mi amigo Van Horne? No: Van Horne era aquel que siempre, cuando se lanzaba al ataque, llevaba al cuello un largo collar de perlas rematado por un enorme rubí. Y no lo había visto yo desde mi último viaje a Basse-Terre. Se trataba más bien, pienso, del temerario John Rackman, a quien llamaban Calicó Jack. Sí, claro, era Calicó. Y nuestro encuentro se dio en el Mar de Java. Mi propósito, ya que le fui fiel al tráfico de esclavos durante muchos años, era el de vender unas cuantas curiosidades, entre ellas una docena de illanúes de las Islas Zulu, y unos cuantos papúes lanudos de Nueva Zelandia. También, un precioso cargamento: diecisiete jóvenes beldades de diversas razas que valían su peso en oro. Y el mejor lugar para venderlas era desde luego Batavia, célebre por su mercado de lindas muchachas.

Tras un banquete de centollas conservadas en hielo y cigalas a la parrilla, rociado el comelitón con ron dulce de Las Antillas, fui testigo de cómo, desde hacía un buen tiempo, solía Calicó Jack alimentar a los peces. El carpintero de a bordo había construido un retrete que consistía en un sillón, con respaldo y brazos acojinados, cuyo asiento, que tenía un agujero redondo, se prolongaba unos dos metros, transformándose en un tablón de cuyos bordes colgaban unas anillas de hierro.

Cada mañana y cada tarde, Calicó Jack se bajaba calzas y calzones, se sentaba en el agujero del sillón, cuyo diámetro era desde luego menor al de su rosado y frondoso nalgatorio, y un par de forzudos miembros de su tripulación asían las anillas y balanceaban el sillón-tabla, como si fuera un subibaja, sobre el mar, apoyándolo en la borda.

Antes de que Calicó comenzara a agasajar a los peces con sus abundantes materias excrementicias, el agua era ya un hervidero de ilusionados y ávidos coprófagos.

De pronto, todo pasaba al mismo tiempo: sonaban unos tambores tocados por diez de los piratas mamelucos que formaban parte de la tripulación, y al son de su estruendo el trasero de Calicó Jack, como si fuera un volcán bocabajo, soltaba unos terribles estampidos que recordaban a los cañones de aquel famoso barco al que por algo llamaron "El Cacafuego", acompañados de oscuras explosiones de menudencias, al mismo tiempo que docenas de peces finos y largos brotaban del mar como una reventazón de cuchillos para devorar al vuelo las heces del pirata, en tanto que unos corpulentos tiburones asomaban sus fauces para, a su vez, tragarse de un salto a los peces.

Calicó Jack cantaba entonces, feliz de la vida:

¡Mojarras y tiburones
pargos, doradas, toninas,
guachinangos y corvinas:
devorad mis cagajones...!

Y los mamelucos bajaban el tono de sus tambores y cantaban:

¡Y disfrutad, de los mares,
el Manjar de los Manjares!

Calicó Jack:

¡Anchovetas, esturiones,
lisas, lenguados, lobinas,
percas, robalos, sardinas,
colmaos con mis mojones…!

Y los mamelucos:

¡Y disfrutad, de los mares,
el Caviar de los Caviares!

Calicó se cagaba de risa y, de paso, el agua salpicada por el bullir y brincar de los peces le servía para su higiene y, la sal del agua, para cicatrizar sus almorranas, inmensas como amapolas.

Años más tarde, jugaba yo ajedrez en Alibag —tierra del gran pirata Angria— con un capitán alfitano —cuyo nombre hoy se me escapa, pero no olvido que se había cubierto de gloria en la batalla de Ostia, en la cual los sarracenos sufrieron una gravísima derrota—, cuando me enteré, por boca del propio capitán, que un día en que Calicó Jack llevaba a cabo su diaria ceremonia escatológica, un tiburón leopardo dio tan gran salto, que le arrancó su virilidad de cuajo. Nunca me constó que esto fuera verdad, pero me gustaba imaginar que Calicó, aun sin compañones, los tendría para cantar:

¡Esmedregales, cazones,
huachinangos y delfines:
disfrutad con mis cojones...!

(Y él y sus mamelucos al mismo tiempo):

¡El Festín de los Festines!

XLII

De tu soberbia, mar, nada se pierde:
la guardo toda en un instante verde.

Cabe en mis ojos tu jactancia, presa,
y tu ira en un puño de turquesa.

XLIII

LAS ESTACIONES DEL MAR

El otoño

Pintado está el otoño, con pinceles
que una dorada certidumbre moja
en ocres y naranjas, y sonroja
de las olas, las crines y caireles.

Al agua obsequia el sol sus oropeles:
de sus andrajos de oro se despoja
y se acuesta en el mar, y los deshoja
en espejos de luces y de mieles.

Y en tanto te camino y te navego
y danza un resplandor de vino y cobre
en la hojarasca de un otoño de agua,

para mi dicha encuentro, y mi sosiego,
un fruto oscuro, dulce, agraz, salobre,
bajo el velamen blanco de tu enagua.

XLIV

El invierno

Mar glaciar, carámbano y cellisca,
mar de gélido aliento que perfuma
el rizo de la ola, curva pluma,
o copo y nevazón que bulle y trisca.

Mar granizo, de témpano y ventisca:
por las blancas espigas de tu espuma
y el solsticio hiemal que escancia bruma,
te juro que tu frío, que mordisca

los pies y el bajo vientre, cuando sube
al hilo de tu agua, el pecho taja,
y al alcanzar el farallón del cuello

con helor lo circunda, nieve y nube,
y con su fino filo de navaja
lo apercolla y rebana hasta el degüello.

XLV

ORA PRO NOBIS

Mar de Mármara, Mar de Mármol, Mar de la Iniquidad, Mar Rojo, Mar Amarillo, Mar de las Estelas Congeladas, Mar de los Sargazos, Mar de las Estrellas Ponzoñosas, Mar de las Tortugas, Mar de los Simulacros, Mar de las Rosas Marinas, Mar Insólito, Mar de los Crepúsculos Ebrios, Mar de los Heresiarcas Petrificados, Mar del Tiempo Sonámbulo, Mar de las Galaxias, Mar de los Incendios Azules, Mar de los Almizcles Amurallados, Mar de las Lámparas de Tinta, Mar de los Terciopelos, Mar de los Castillos de Agua, Mar de las Sombras Chinescas, Mar de la Agonía, Mar de las Adelfas, Mar de los Jardines Heráldicos, Mar de los Desamparados, Mar de los Incunables, Mar de las Fragancias Espirales, Mar de los Solteros Transparentes, Mar de las Lozanías, Mar de los Corimbos Enardecidos, Mar de los Condenados, Mar de los Plebeyos, Mar de las Carencias Áureas, Mar de las Sabandijas, Mar de los Predicamentos, Mar de los Perplejos, Mar de las Dulces Concupiscencias, Mar de las Prevaricaciones, Mar de los Intrépidos, Mar de los Astrágalos, Océano de Vigilias, Mar de la Ignorancia, Mar de la Sevicia, Mar de las Máscaras de Niebla, Mar de los Arcoíris Bifurcados, Mar de las Alevosías, Mar de mis Empeños,

Mar de los Amantes Desollados, Mar Mediterráneo, Mar de las Recriminaciones, Mar de los Réprobos, Mar de los Finibusterres, Mar de los Calvarios, Mar de las Agonías Mayestáticas. Mar de Las Maldivas, Mar de las Malvidas, Mar de los Festines, Mar de las Congojas Germinales, Mar de Arafura, Mar de las Indias, Mar de las Estatuas Pasmadas, Mar de Las Malvinas, Mar de las Malvas, Mar Malvasía, Mar Malvada, Mar de las Malarias, Madre Nuestra que estás en el Mar, Mar Magnífica, Mar Cantábrico, Mar de las Canéforas, Mar de los Cánticos, Mar de los Catecismos, Mar de los Renegados, Mar de las Efemérides, Mar de los Panegíricos, Mar Perínclito, Mar de Azof, Océano Índico, Mar de las Imprecaciones, Mar de las Soledades, Mar de la Pimienta, Mar del Opio, Mar del Oprobio, Mar de la Fertilidad, Mar de las Inquisiciones, Mar de las Necesidades, Mar de las Calamidades, Mar de los Subterfugios, Mar de la Sabiduría, Mar de Aral, Mar de Ontígola, Mar de Ojotsk, Mar de Kara, Mar Blanco, Mar de los Iconoclastas, Mar de las Plenitudes, Mar de las Reencarnaciones, Mar de la Decrepitud, Mar de las Promiscuidades Valetudinarias, Mar de las Atalayas Sitibundas, Mar de las Imposturas, Mar de la Anfisbena, Mar de los Impávidos, Mar Sanctasanctórum, Mar de las Sabandijas, Mar de los Endriagos, Mar de la Usura, Mar de los Proscritos, Mar Sursuncorda, Mar de la Acidia, Mar de Laptey, Mar Arábigo, Mar de las Claridades, Mar de las Plañideras, Mar de las Alcabalas, Mar de las Ubicuidades, Mar de los Lechos Benignos, Mar de Sonda, Mar de las Trapisondas, Mar de los Simulacros, Mar de los Albañales, Mar de las Catedrales de Agua, Mar del Ocaso Eterno, Mar del Alba Perpetua, Mar de las Ordalías, Mar del Japón, Mar de la China, Mar del Flogisto, Mar de los Histriones, Mar de los Incircuncisos, Mar de la Eucaristía, Mar de mis Postrimerías, Mar de las Miradas, Mar de los Sacrificios, Mar de las Sombras, Mar de las Tenebras, Mar de los Olvidos:

Ora pro nobis.

XLVI

LAS ESTACIONES DEL MAR

La primavera

El mar me dio su amor y sus albricias,
y coseché, del mar, todas las flores:
el clavel de coral, y los primores
de nácar que usurparon tus caricias.

Rosas de sal para la sed propicias,
madréporas cuajadas en albores,
hidras como corolas de colores:
fueron, de todo el año, las primicias.

Esa tarde, en tu boca, fuego puro
de fulgurante rosa encarcelada,
nació, prendida a ti, mi vida entera.

Y de tu vientre en el capullo oscuro,
flor de un día, altiva y perfumada,
allí nació, también, la primavera.

XLVII

El verano

Te surco, arpono, enfilo, te requiebro
y en mar candente te convoco y llamo:
te quiero a solas en mis olas, clamo
tus ojos, sombra, boca, tu cerebro.

Te bogo, nado, te buceo, enhebro
en pespuntes tu orgasmo. Prendo, inflamo
tu pezón más orondo. Beso, lamo
tu muslo más rijoso, lo celebro

con lengua que suspiras y que imploras.
Y te espumas, mareas, bulles, ardes,
te derrites, licúas en mis manos,

y en mi remo te encajas, bramas, lloras,
en oleadas de noches y en las tardes
más soleadas de todos los veranos.

XLVIII

Me hiciera yo a la mar, mar traicionera,
si hacerme en su bondad el mar quisiera

generalísimo de sotavento,
de estribor y babor, de barlovento.

Y si así yo lo hiciera, cantaría
su vocinglera, eterna algarabía,

y del cielo que copia sus paisajes,
cúmulos, cirros, nimbos y celajes.

¡Me hiciera yo a la mar, la mar ligera,
desleal, fementida, aventurera!

XLIX

En tanto se pudría, en el corazón de la niebla, el rostro espejeante de los estuarios de Portobelo, donde algún día florecieron —rosas de fango— los huesos del Capitán Drake, el bucanero Exquemelin, cirujano, se hartaba de cecina, se enjuagaba las encías con coñac y pólvora, leía la vida de William Dampier y se preguntaba qué era lo que existía más allá de las aguas donde se hundieron los navíos árabes muscat que traficaban con incienso y sedas de Cantón y de sus respectivos horizontes, que se le manifestaban como viento contagiado mojado de sangres incoloras, o vespertinos vislumbres de una cólera ácida y triunfante.

En otros tiempos y en otras circunstancias, en una tarde cuyas sombras se asemejaban a la mancillada desnudez de las aguas, una desnudez hinchada y antigua, D'Esnambue desembarcaba en la Isla de Saint Kitts, proveniente de Gorgona, tras haberse atragantado, en la gran fragata Oxford de Henry Morgan, con anchovetas al carbón y pecho de caguama en leche de coco —y desde luego, haberse salvado de la explosión ocurrida en la santabárbara del buque— y un pensamiento se le volvía, en la cabeza, nubes que prometían aguaceros:

Recordaba, D'Esnambue, la balada del Capitán Kidd:

Yo maté a William Moore mientras yo navegaba, mientras yo navegaba,
y quedó ensangrentado
en las cercanías de la playa

(mientras yo navegaba)

A muchos años de distancia, y océanos de por medio, el conocido como el más bello de todos los piratas, Bartholomew Roberts, suspiraba con el recuerdo de una gran dama de la que habíase enamorado. Se quejaba: ¡Ay de mí, ay, de mí! Juraba: ¡Por las barbas de Neptuno, por Polícrates pirata Tirano de Samos, por el vientre amodorrado de mi longincua madre! ¿Qué se hizo mi gran dama?

Sí, ¿qué se había hecho la gran dama

vestida apenas con las túnicas del otoño,
el sexo hendido por un latigazo de miel,
y que de pie en la proa de una nave fenicia
pronunciaba sus preces con palabras que olían a cardamomo
hasta que caía la noche
y la empapaba con néctar de estrellas?

Recordaba así Bartholomew Roberts, el pirata hermoso entre los hermosos, a su gran dama y escuchaba el golpe del viento que, oloroso a sarmientos y presagios, tejía borrascas en la enjambradura de jarcias y velámenes. ¡Oh undívagos lechos estuprados, trigales azules de doradas jorobas, enlutadas ciudades baldías iluminadas por lunas dóciles que tiemblan en la piel de la noche!

L

AMAR A MAMÁ-MAR

OH MADRE mil y una veces Trinitaria:
tú, como si no lo supieras,
tú, honda y sacrílega,
pan y panacea de mis días,
balanza de la luz y de la escoria,
puño de crepúsculos,
enredadera de lágrimas,
agrimensora de mis bosques bronquiales:
eres al mar en vela lo que el silencio levemente muerto
es a los besos sumergidos
que en su sola soledad se sueñan danza
de fulminantes, movedizas fábulas
que transforma el aire lentamente en nada.

Oh Madre tres veces Trinitaria,
madre de mis doscientas setenta noches con sus noches,
en las que viví para ver la luz del día
en el que rencorosa y olvidadiza y abandonadamente
muero.

Oh Madre, como si tú no lo supieras,
como si no fuera lo que más hubieras tú querido:

eres el ancla que llevo
clavada en mi cuello,
—¡Oh Madre Trinitaria!—
dulce, amargamente hincada en mis dos veces doce mil
días.

Escúchame,
Minúscula Madre con Mayúscula,
Cursi Madre Cursiva:
con un rosario de tus ganglios
prisioneros en redecillas de venerables y venéreas venas
yo cantaré el fruto de tu vientre,
y exprimiré tus incestuosos liquidámbares
para beberlos larga, insaciable, avariciosamente alegre.

¡Oh Madre Mía Mar, Marítima Madre Mía!

LI

(¡Y SI FUERAN milagros todas estas olas
que rebosan profecías, y si lo fueran los privilegios
de tálamos con glándulas solares,
si fueran prestigios concebidos por falos de turquesa,
en vaginas ciegas color botella,
aspavientos de espuma
y deslizantes,
escarlatinos ríos de cangrejos,
si fueran escaldadas opciones,
alternativas entre los blancos alcoholes
que nadan y navegan en los latidos triunfales
de raudas habitaciones fosforescentes
y escuálidas!)

LII

EL BARCO DE LOS LOCOS

Uno de los locos veía pasar ante sus ojos barcazas cargadas de sangre nevada que dejaban a su paso estelas mucilaginosas y contemplaba, también, barcos cuyas velas estaban hechas de párpados cortados.

Lloraba nuestro loco en el mar, para engrosar su áspera savia.

Cada mañana, cosechaba los frutos que las aguas, durante la noche, habían depositado en la arena. Contemplaba cómo los puntos cardinales se despojaban de sus vestiduras y se transformaban en ríos verdes o en candelabros de nubes.

Lo visitaban, en sus insomnios, mendigos ricos como Creso, que tenían la piel cubierta con las costras de una lepra de hojas de oro y pústulas que destilaban topacios líquidos. Los acompañaban brujas anfibias que respiraban tanto en la vida como en la muerte, vírgenes que cultivaban perlas en sus vulvas de piedra, y muchachas que se habían vuelto madrastras a los quince años.

Acechaba el loco al verano para arrancarle su ojo único. Componía canciones de colores cambiantes para celebrar la sapiencia de los camaleones, poemas hondos y oscuros para cantarle a los pozos, elegías circulares y plateadas dedicadas a los espejos. Soñaba con ángeles dispuestos a llevar en sus alas, cada uno, un tonel de vidrio semejante a aquel en el que descendió en el mar Alejandro Magno para explorar sus estratos inferiores y maravillarse con la contemplación del pez piedra y el pez globo, el pez ángel y los tiburones a los que —esto, parece mentira, lo sabía el loco— Aristóteles llamaba gáleos.

Y, en posición fetal, cada amanecer, y envuelto en los espasmos de un licor espeso y febril, esperaba que el sol lo diera a luz.

LIII

Dormido entre los filtros de dádivas azules,
preso de muertes nuevas de aliento movedizo,
yo te sueño y te invento: la luz es territorio
donde siembro rubores, la vendimia en tu pecho
es ramillete nuevo de oleajes y de cánticos.
Te obsequio de la brisa la rosa de los polos,
la candorosa rosa sumisa, acantilada
en los quemantes vértices de las estrellas de agua,
y del vino en el cuenco de mis manos te ofrendo
vaporoso, el delirio de su lento prodigio.

Y en tanto yo te invento, ahogado en mis palabras,
se tienden como puentes en tu espalda de vidrio
los arcoíris plateados de los peces espada.

LIV

MAR REVUELTO

Si acaso en la celeste desolación suicida
de tu redonda muerte que se enreda a sí misma,
de una oquedad prendada, colgada del vacío
—de claros festivales rumor, aspa encendida,
brumazón de alboradas, despeinado ramaje
que en el herido amor de la flama se cuaja—

Si acaso allí te ciñe mi canto y preconiza
una artera insolencia que te invoca y te abarca
—bochornoso naufragio de salmodias sin dueño—,
Oh mar, mar disoluto en verbenas de espuma
y escaramuzas de agua: tus imperiales ráfagas,
tu plétora de alciones que en el pecho se clavan
de una memoria ebria de líquidos aceros
en el arco más alto, en sus sombras más leves
y en la quietud que cubre los pulidos marasmos
de tu alegría salvaje, de la sed invisible
de inmarcesibles odios y de jadeantes gritos.

Oh mar de exactas, lacias, ciegas infinitudes:
tus cándidos acopios de fulmares glaciales
que destilan el humo de nevados hervores,

las urías pendientes de los hilos del aire
que empapadas y dulces, alertas al cardillo
de bocados de plata, burlan viento y marea,
verdugos sigilosos, matarifes de lujo
de taciturnas alas y acrobacias mortales:

Si acaso esa nostalgia, los alciones, el miedo
el nácar, los adioses, los mirajes, las sombras,
la arcilla entreverada con la sangre que brota
de recios cementerios en tus vertientes diáfanas
y es mármol desleído, desmenuzadas llagas
que a tientas palpo y bebo, con bocanadas ávidas:

si el canto, la redada de intemperies atónitas
que acrisolo en mi boca, chubasco de febriles,
iridiscentes nadas, contraluces aciagas
que anidan en el verbo solar de mi garganta:

si te abrazan y abarcan, si parábolas magras
de altanera esperanza, chapuceras rebabas
que aspiran a ser brisas, suculentas borrascas,
de mi boca paridas te entrampan y encarcelan,
así sea un instante, así sea en una sola
eternidad en ciernes, acotada, minúscula,
y en tanto yo te invento, de mis sueños asido,

por tu vida y milagros tú harás que sea mi casa
fuente de claras cifras, manantial de palabras.

LV

LA ROSA MARINA

Sólo quedan los ecos de la rosa marina,
su tránsfuga alboroto de rosa fugitiva.

Con alfileres de agua la rosa sostenida
del aliento del aire, y a tientas, se equilibra
en la frágil memoria de noches y de días:
los días que la recuerdan, las noches que la olvidan.

Sólo queda el vestigio, la sorda algarabía
de su palabra roja, de sus fragantes sílabas.

No, no se puede abarcar a la rosa marina. Podemos, si acaso, decir que la rosa marina repite la memoria interior de los poetas. O anunciar su nuevo advenimiento y afirmar que la rosa nacerá en el rincón más azul del universo.

Se puede, con un poco de suerte, y con un litro de cielo y las yemas de cinco soles, cocinar a la rosa y devorarla. O podemos celebrar sus aniversarios clandestinos, y adivinar que cumple mil años carismáticos.

O podemos imaginar a la rosa, escondida tras lujosos biombos de obsidiana, al acecho de un mediodía descarriado, lista para lanzársele al cuello y estrangularlo con sus pétalos anaranjados.

O podemos contar su historia, su historia de crímenes morados y recónditos.

Se puede, sin mencionarla, hablar de sus parientes:
la cebra blanca y azul marina, que es la prima ondulante de la rosa; la esmeralda agridulce, que es su cuñada verde; la luna llena, que es su hermana redonda.

LVI

AMAR A MAMÁ-MAR

Lejos de las radas donde encallan mis manos,
allí donde los pelícanos se emperejilan con grises algas
y donde yo gritaba: ¡mamá!
¡Mamá arráncame esta avispa que me chupa la rabia,
y que afina sus antenas fluviales en las venas del mar!

(y no te olvides de mis orejas de cola de rata que —como
pajaritas lunáticas— son acrisoladas rías de gritos:
dorremifáes sin-ton-ni-son ni sol),

(ni de mi pecho en el que arden solfataras de antiflogísticos)

¡Oh mamá,
festival de sollozos y risas,
años hace que añoro tus brazos, ondina mía,
ondina de los senos como dulce cebada
donde solía cebarme con tantos sinsabores!

¡Oh mamá, tú eras el mar
y barrías los borborigmos con una escoba de alas de paloma!

¡Y yo no lo sabía, no lo supe,
hasta que tu piel ajada, que tenía ya resabios incendiarios
se desmoronó como los estambres de marchitas clemátides
y regurgitabas, quién iba a imaginarlo, inocentes, blancos,
viejos corazones de golondrinas de plata altisonante!

LVII

EN AQUELLOS TIEMPOS

En aquellos tiempos, decenas de siglos antes de que los cartagineses perdieran el control del mar en la primera de las Guerras Púnicas. Miles de años antes de que Aníbal, al mando de la flota seléucida, fuera vencido por los romanos, y cuando aún no soñaban siquiera en nacer los abuelos de los abuelos del comandante que, al frente de los barcos corintios, infligió una vergonzosa derrota a los atenienses. Antes, también, de que los coreanos aprendieran a contar los cuerpos de los marineros japoneses muertos en el Mar Amarillo por los barcos-tortuga del Almirante Yi Sung Si. En aquellos tiempos, la nieve bañaba las aletas de los tiburones con blanca diligencia, en tanto una corona de hormigas circulaba en sus rosadas calvas y en la pulpa de las amígdalas de los aguerridos Argonautas palpitaba el tufo de la victoria, incendiado el mar por el solo resplandor de sus espadas. En aquellos tiempos, los niños llevaban clavados en el pecho los picos de olas azules, y en los lomos de los ríos cabalgaban los aullidos de los lobos. En aquellos tiempos, en el fondo pantanoso de las aguas crecían caracoles en cuya piel translúcida se enrollaban los suspiros de los poetas.

Miles, cientos de miles de veces tendría que dar el sol

la vuelta a nuestro planeta, antes de que en la batalla de Curzoia triunfaran los genoveses sobre los venecianos en el Mar Adriático, o Musa Ibn Musaua cruzara el estrecho que separa a Europa de África, para conquistar Iberia y echar a los visigodos. Pero en aquellos tiempos era posible, para esos mismos poetas, ponerle a la muerte una coraza de nenúfares recién nacidos, y pintar en las cuencas de sus ojos paisajes multicolores. Algunos de sus amantes más fieles cubrían a sus propias muertes con polvos de arroz para que lucieran inmaculadas, como perras bañadas en leche.

Nada de esto aparecería jamás en las historias que algún día le fueron contadas de viva voz al almirante catalán Roger de Loira, quien gozaría de la gloria de vencer a los angevinos en la Batalla Naval de Mesina y capturar después al hijo del Rey de las Dos Sicilias. De nada de eso, tampoco, enterarían los cronistas a la marina gótica, cuando ésta se disponía a cruzar el Mar Negro para asolar las costas de Moesia y destruir, en Éfeso, el templo de Diana. Pero yo estaba vivo en aquellos tiempos, y fui testigo de cómo en el mar se levantaba una columna de agua que era como la torre de un altísimo castillo, para lanzarse a las alturas en busca de un infierno imaginario. Soñé, entonces, que caminaba sobre las aguas del mar como por un arenal del que brotaba una multitud de astros. Soñé que los astros, como flores en explosión, me entraban por los ojos. Y vi entonces que dentro de mis ojos, transformados en estancias del mar, danzaban mujeres de vidrio con quebradizas entrañas de gas neón. Soñé que estaba yo lejos del mar, y que surcaba los aires en el lomo de un ángel, asido a sus trenzas espumosas y sus incandescentes plumas.

En aquellos tiempos... *In illo témpore.*

LVIII

Hoy flotan deshojados claroscuros
a la mitad del tiempo y de mi casa.

En dónde estaba el mar, me preguntabas:
recostado y alerta, tembloroso,
a lo largo y lo dulce de tu espalda,
acurrucado y ópalo, lluvioso,
en la piscina azul de tu mirada.

Dónde fue la mañana, dónde iría
con sus frutos, sus brisas y sus plácemes,
sus certezas fragantes, su alelado
deambular por la piel de los ramajes,
sus campanas de viento, su rosario
de esmeriladas nubes y de pájaros,
¿dónde, dímelo tú que no haya sido
por el camino unívoco del cielo,
que es enjambre de fuego y firmamento
del mediodía exacto de tu sexo?

De dónde viene el mar, tú me decías.
El mar nace en tu pecho de agua tibia

y en el sol de tu pecho el mar habita
El mar corre en dos ríos en tus brazos,
y el mar, que se desvive en tus caricias,
de sed se muere, el mar, en tu regazo.

En dónde está la tarde, me preguntas:
yo la tengo en la palma de mis manos,
la humedezco en la punta de mi lengua,
la sumerjo en los días de tus faldas,
la enmascaro en la noche de tu vientre:
la tarde toda entera y sus simientes,
la tarde que se viste de manzanas,
la tarde y su presagios, sus altares,
la tarde mineral y sus desnudas
y lánguidas quietudes rumorosas,
la tarde en contubernio con las rosas,
la tarde con sus muertes asombradas.

(muertes que son, de soles y penumbras
cristalizadas muertes prematuras)

Hoy flotan deshojados claroscuros
a la mitad del tiempo y de mi casa:

la sombra es luz dormida, desmayada,
la luz es sombra lúcida, incendiada.

LIX

GENEALOGÍA DEL MAR

El mar, Ram, se contempló en el espejo,
y se engendró a sí mismo.
Entonces el mar engendró a la espuma
y la espuma engendró a la tiniebla.
La tiniebla dio luz a la luz,
y la luz ahijó a los pájaros.
Los pájaros, presos en las redes del verdor,
engendraron a las nubes,
y las nubes ahijaron a los vientos.
Los vientos, dóciles, engendraron
amarillos páramos,
y los páramos a lluvias displicentes.
Las lluvias, recostadas en las faldas de las montañas,
se prendaron del trigo,
y con él concibieron panes dorados.
El pan, esponjado hasta transformarse en redonda flama,
engendró a ríos que, como si fueran primaveras líquidas,
tenían el pecho saturado de geranios
que navegaban en desmayadas constelaciones.

Los geranios, como si estuvieran nevados,
adoptaron aires exquisitos:

hijos del caos, risas de terciopelo
cuyos voraces, translúcidos aletazos,
dieron luz a las sombras.

Y el mar se hizo de nuevo,
horizonte de jaspe
entre tu cabello y el infinito,
entre tu cabello y el río.

(El embeleso no era sino una danzante bruma
que nació de un erizado ventisquero).

LX

Yo no soy nada para aferrarme a tu noche,
pero te ruego abrir tu pecho de rocío en ascuas,
y verter tus pálidas vegetaciones temblorosas
en mi lengua que para ti es leche y trébol,
a fin de celebrar tus faustos más recónditos.

LXI

LOS NAVEGANTES CANTORES

SUCEDIÓ, de nuevo, durante otra calma chicha, cuando regresaba yo del puerto de Shangai y seguía la ruta de la Nao de la China. Dormitaba en una hamaca —que les compré a unos negros de Limón, en Costa Rica—, después de haberme agasajado con varios de los grandes deleites que nos ofrece el mar: los ovarios anaranjados del erizo marino, acompañados con unos soberbios mejillones de La Rochelle, cocinados según otra de las recetas del Capitán Nemo, que consistía en una variante de la fórmula clásica de Apicio. (Debo decir que estas recetas me las enviaba Nemo desde El Nautilus, gracias a unos peces voladores amaestrados, de aletas como penachos prodigiosos, que saltaban de babor a estribor de mi nave —o a la inversa— llevándolas en el pico, y las dejaban caer a la mitad de la cubierta.) Recordaba yo, entre cabeceada y cabeceada, y con regocijo, la captura que había hecho unos meses antes, en el Archipiélago Malayo, de tres embarcaciones de Surat que transportaban diez millones de rupias, cuando Sirak, mi esclavo circasiano, quien se dedicaba a refrescar mi sueño con un abanico de plumas de avestruz, me tocó el hombro y me señaló el mar.

Apoyado en la amura, me asombró ver, en medio del océano, una góndola veneciana, blanca como la nieve, que era conducida con lentitud por un esbelto, altísimo bogador vestido de blanco de pies a cabeza y con la cara cubierta por un velo. Su remo, por cierto, era de plata como el remo del Tribunal del Almirantazgo Británico. Tendidas en la góndola y tomadas de la mano, desnudas, con los ojos cerrados, yacían las célebres piratas Anna Bonney y Mary Read y su piel, que a su vez cegaba por su blancura, contrastaba con el enmarañado azabache de sus Montes de Venus. Cada una tenía, sobre su pecho, una rosa roja y estaban rodeadas (se recordará que ambas solían degollar a todos los enemigos que caían en su poder), por las cabezas de sus víctimas, muchas de ellas aún sangrantes. Hubiera creído que estaban muertas, si no fuera por el leve temblor de las rosas sobre sus pechos, pero supuse que dormían, cuando de pronto Anna Bonney, sin abrir los ojos, comenzó a cantar:

Oh Mary de mis amores,

de agua de sol es tu llanto,
y de luz prístina y rubia
que pródiga se aposenta
en la punta de tus senos,
la cáscara de tus sueños.

¡Oh Mary de mis dolores:
nunca jamás me traiciones!

Y se estremecía la rosa roja que tenía en el pecho Anna Bonney.

Mary Read, también sin abrir los ojos, respondió:

Oh Anna de mis amores:
mi suplicio es el quererte,
y al abrigo de tus muslos
beber, a sorbos, la muerte.

¡Oh Anna de mis ardores,
no pierdas por mí el sosiego:
porque me incendia y me abrasa,
mi lealtad es la del fuego!

Y temblaba la rosa que, en el pecho, tenía Mary Read.

Seguí con la vista la góndola, hasta que se perdió en la niebla. Cuando volvió el viento, reanudé mi marcha hacia el puerto de Acapulco, y en mi camino me encontré con un banco de merluzas relucientes que debió tener quince millas marinas de largo.

Supe después que Anna Bonney y Mary Read habían llegado, escoltadas por una bandada de quebrantahuesos que salió a darles la bienvenida, hasta el puerto de Antofagasta.

LXII

A MANERA DE ZÉJEL

Fuego azuzado por el aire,
tengo, más que una sed, variadas sedes
por beber el solaz de tus mercedes
y acunarte en mis redes
—Oh mar, dechado de donaire—
de mis brazos ardientes al socaire.

LXIII

EL NACIMIENTO DE VENUS
(gongoriana)

Éstas que me dictó, rimas sonoras,
pertinaz y solícita premura
de mis dorados días en las horas
más propicias al ocio y la ventura,
y que son de mi amor ejecutoras,
ofrendo enamorado a tu hermosura,
a cuya alcurnia y claridad se suma
haber nacido, virgen, de la espuma.

Mojada aún tu piel, y con mil flores
coronada tu testa, de tus senos
he de beber dulcísimos licores,
y el agua más azul de tus serenos
ojos de submarinos resplandores,
y enjugaré la sal de los amenos
rincones de tu cuerpo, pues no mengua
para hacerlo, la industria de mi lengua.

Venus: la rosa genital, la rosa
que nació de la espuma y su blancura
y se hizo rosa flor y primorosa
con la sangre de un dios y su rojura,

nació para que el ansia presurosa
—en esa rosa de encarnada hondura,
parida rosa del rubí y la nieve—,
de mi sediento amor, en ella abreve.

LXIV

RÉMORAS

1.— Navíos berberiscos en Cádiz: cabecean velas,
sueños blancos abarcan,
serpean en lechos rebosantes de algalia.
De hinojos llamas vivas beben y tremolan
bosques en sus lágrimas,
y henchidas marinas danzan: las olas atraviesan
fontanales de plata,
y revolotean, estoicas, lepidópteras hadas.

2.— La arquitectura de la sal: prolijidades
de dilatadas estancias,
descubre altas alcándaras, puños enlazados,
canturrias salmodiadas,
climas de nevada estirpe desbalaga.

3.— ¡Son las ninfas del mar: argentes rosaledas,
prisioneras de silvestres almadrabas!
(polen verdinegro sus pieles son, encandiladas).

4.— En el casquete polar, raíz de madrigales trémulos,
sílabas raudas.

Ahumados continentes vigilan el espacio, predicen las
voces
con visos de esmeralda.

5.— Gaudeamus de islas alebresta finas escamas
de albapómez estatuaria.
Un salterio de Cartagena: ortos sagrados,
agua imperial desmenuzada,
y de Trípoli los fucos blancos, corola-medusa
de rictus esmaltada.

6.— En las orillas del ocaso, bajíos domiciliados
en bocas y retamas.

1.— Mar Caspio o dulces lejanías: famélica es la nieve,
la hechizada espera.
Centellas en las mordazas súbitas azulean,
y en el fango hunden su abrazo teutónicas espumas
que el rubor alerta.

2.— Claras órbitas de resaca que son inmaculadas,
gentiles primaveras,
alrededor de minaretes por ansarinas rutas
reptan, merodean.

3.— Llovidas algas memoriosas: fulmares que devoran
despojos y ácidas jaleas,
y ramalazos de luz aúllan de ventanas al cielo, al mar,
al alba-orquídea:
un puñado de hojarascas volubles se aposenta.

4.— Mis presencias rumorosas pájaros son de ausencia
y con la ausencia cantan
en mieles y madreselvas.
Sargazo que olfatea las islas, yo digo: si soy la mandrágora,
así sea.

5.— Laboriosa mi piel, urgente, trenza su gaya ciencia:
melopea.
Raso negro es, lastre, su saliva: soy el mariosaurio macho
en la albanega,
y las llanuras que, rojas, bajan de la arena.

6.— Corro a tientas por los paraísos de azufradas quillas
y mástiles untos de luz de llama y brea.
Ávido, alumbro el gobernalle: susurran las alondras
suspiradas, quietas.

7.— Del mar la espesa salsedumbre, de tornasoles ecos
la conciencia entera.

1.— NONATA poesía en vela
anuncie ya la nunciatura de la noche
y óleos unjan su sin par coloquio:
verdes sofismas al mar no le reprochen.

2.— En Metredia, costa de Túnez,
subcinericio soy: navego el horizonte.
Amada desnudez postiza:
del ostracismo imploro los vaivenes del orden.

3.— Culmen acróstico de espumas
custodie del Mar Tirreno inmaculadas proles.
Siete vinos el mar destila:
que los felpudos crustáceos en la tarde afloren

4.— Desencanto el coral, lo rumio,
chisporrotean atunes depredadores:
y yo milito, huérfano, en el llanto:
lloro, gimo, en albas yuxtaposiciones:
¡Cielo de Mármara, te caes a lamparones!

5.— De almejas voladoras antro,
turgente cataclismo despierta al orbe:
que el Mar de Tethys en ensenadas se desdore,
y de Antifer en los acantilados
que primogénitos galeones no se acoplen.

6.— La pleamar venero, beso:
de Nireo las tres naves la luna empolve
(y que los simios de Gibraltar no se acogombren).

7.— Si el maelström presume de ardiente,
yo hago de salmos pánico derroche
y con éxtasis preclaros a mi palabra engaño:
icor fortuito de los días,
lágrimas de valquirias es, náutico arrope.

LXV

OLVÍDATE DEL MAR

VEN a mis brazos y coloca
tu boca a lo largo de mis venas,
y apenas tengas miedo de quererme,
ahógate en el río de tus penas
y olvídame olvidándote de todo:
del mundo, del amor, de los ocasos
y acasos planetarios, de la luna,
del mar, los dromedarios, de la nieve,
el viento aleve, las dunas y mis brazos.

LXVI

DÉCIMAS DE LOS CAPITANES

Sepultan al Capitán Montbar en agua pútrida

Agua escabrosa, sombría,
que sombra traga y se pierde
en una maraña verde
en la que sofoca el día
la flor de su lozanía:
muere aquí la siempreviva
y el mar flota a la deriva
en un inmundo reflujo,
pues un buitre se dio el lujo
de bañarse en su saliva.

Los hábitos del capitán Marica Henry-Kahn
Capitán filibustero
de un barco de maricones,
gozaba encajando arpones
en el efebo trasero
de un ebúrneo marinero.
Y él mismo, a hora temprana

—cinco o seis de la mañana—
encajábase en su nicho,
del mozuelo susodicho,
toda entera, la banana.

El Capitán almorávid Muhammad-Ibn-Tarif, abstemio

Nacido en Alejandría,
apuesto, gallardo, fino,
nunca jamás tocó el vino:
el Islam se lo prohibía.
A falta de tal, había
adquirido, en sus rapiñas,
y por culpa de otras viñas,
la costumbre pintoresca
de beber la sangre fresca
de dulces, pálidas niñas.

Lo último que perdió el Capitán magrebí
Yusuf-Al-Mutamid, llamado "El Sol"

El Sol de los magrebíes
apostaba todo al juego:
alfanjes, armas de fuego,
dinares, luises, zequíes,
mujeres, naves, rubíes.
Y no satisfecho dello,
jugóse una vez el cuello,
y en la malhadada apuesta
no sólo perdió la testa:
perdió, también, el resuello.

LXVII

AMAR A MAMÁ-MAR

OH MADRE de los silbidos
que rozaban, rizaban, las crestas del mar.
Oh madre de los trinos en plenitud.
Oh Madre Trinitaria:
Madre Diosa, Madre Hija,
Madre Espírita Santa:
Tu Santísima Trinidad me obliga a culminarte,
a adivinarte,
en una regla de tres:

eres a la sal del deshielo
que vívidamente eterna
siembra frescuras de celosías en las sílabas de tu nombre,
lo que un pozo de licores espesos
es a la perfumada vega de mis ocios donde quieta
y distraída y oscuramente canto
el tatuaje tiránico
que de nostalgias como azahares
en la hechiza piel de tu corazón
anaranjadamente estalla
en influorescencias como águilas.

Oh Madre mía, Trinitaria:
eres a la miel como la raíz de los espejos,
o como los metales azules que vagamente se transforman
en torbellino,
o como los coros celestiales saturados de plenilunios
son a un templo de nubes prodigiosamente blancas,
o como un estuario que iluminadamente incandescente,
se finge de sí mismo luz y contenido.

Oh Madre Letanía:
Corola de vidrio.
Hervor de espigas.
Madre-Mar de las huellas del ondulante hastío
que en el umbral de un himno
artera y aliñada, silenciosamente,
una como jamás ciega y atónita mirada
infortunada y lúcida, numismática,
asombrosamente me depara.

¡Oh Madre, ya no me cabe en el pecho
Tantísima Trinidad!

LXVIII

MARICASTAÑA Y EL MAR

En mi memoria,
una tarde se acuesta en la sombra
y yo bebo de sus ojos de agua.

Esto pasó en los tiempos
de Maricastaña.

Maricastaña era bella
como una manzana:
se levantaba blanca,
como el alba,
y doraba sus pies en la playa.

LXIX

OTROS CADÁVERES (ESTA VEZ EXQUISITOS) ARROJADOS A LA PLAYA POR LAS AGUAS DEL MAR

Las algas pétreas, censuradas, disfrutan en las yemas de los dedos.
La tortuga láud, sonriente, perfuma negocios innecesarios.
La caurí príncipe, lunática, se ríe sin escamas qué perder.
Una robusta mancha de arenques se enjabona con diafanidades militares.
Los paracaídas del mar, memoriosos, gotean con doctorada paciencia.
El azul Mar Arábigo patea en el filo de la ceguera.
El Mauritania, idéntico al alborozo, se cuece en su danzante médula.
Los barnizados rompeolas se ansían con ritmo y arbitrio perfectos.
Los cinco continentes, seductores, se ondulan para encandilar las arenas.
El sombrío buzo se transforma en el secreto del agua.
Los incendiados simios de Ceylán palpan el vacío del alba.
El rubio lecho de madréporas se enaltece en los viáticos lunares.
El incorpóreo vigía adelgaza en concavidades adversas.

LXX

Para cantarle al mar, desaparezco,
me desespero albor y resplandezco,
me siento a la deriva y oscurezco,
me catapulto módulo y parezco
que soy flujo y rencor, sonaja ardida,
en los crepuscularios de unas nubes
de celuloides lenguas viperinas.

Cuando le canto al mar, me parvuleo,
me algomero y me azoro, me acumulo
de estratos y gajos estertores,
me agonizo y me muero, me adolezco
de lacia latitud amanecida,
a la par de mis bárbaros meniscos
en las olas del mar podridos triscos,
y me rompo el decir, me insatisfecho:
para cantarle al mar me infarto el pecho,
canícula de vientres, sol deshecho,
me sístolo y me diástolo, me incróspido,
me encarrizo y tortugo, me apaciento
de lágrimas de piedra, de granizo;
mis labios bebe el viento: me reviento,

me enemigo de mí y me reconcilio
en el más agridulce domicilio
donde los idus idos de un martirio
me colman de aspidistras y delirios.

Para cantarle al mar, al mar me arrimo,
y de erráticas erres me marimbo
me hiervo y me desluzco, me desverbo,
cabalgo en los adverbios, me verbeno
de alejandrinos luengos, de octosílabos,
y de pairo en los cayos paro, callo
en los bancos de estrofas y de párrafos,
y en mis redes me enredo y desenredo,
loco de atar y de poemas cuerdo.

LXXI

CONTÉMPLATE, mírate a ti mismo:
mira cómo se derraman en tu vientre tus dulces amenazas,
tu luminoso oprobio,
los resabios que emanan de las sublimes heces
que heredaste del tiempo.
No quebrantes tus ácidas moradas,
aléjate de los anatemas de la púrpura,
y arrepiéntete de andar a tientas por la tierra.

Mírate en el espejo dorado de octubre,
devora los tibios ámbitos de mayo,
conténtate con estar vivo este año
y muerto en todos los siglos por venir.

Exíliate, huye al fondo de ti mismo
y hacia el sopor de tu lenta servidumbre enlutada.

Yo no soy nadie para asombrarme con tus embrujadas soberbias
y conservarlas en tinta de hondísima negrura.
Yo, como súbito espía de tus infamias palpitantes,
te he de esconder de tus propias derrotas:

Tendrás que darme permiso para palpar tus lamentaciones,
y calzarme tus orbes,
tu aquiescencia, en fin,
para cantar la certidumbre de tus millonarias calamidades
y decantar el manantial de tus portentos puntuales.

LXXII

MAR: cuando tienes quietudes de pozo.
Mar: cuando eres aguas en reposo,

cuando olvidas tu furia y te solazas
en bahías que son azules plazas,

eres entonces todo dulcedumbre,
cuenco de tersa, congelada lumbre

y también animal callado y manso,
estuario, espejo, oasis y remanso.

Pero tu clara, inmóvil inocencia
es el disfraz de oscura turbulencia.

Tu candor es mentira y espejismo:
debajo de tu piel está el abismo.

LXXIII

EL BARCO DE LOS LOCOS

La sangre derramada por François Leclerc, conocido como Pata-de-Palo y el Ángel Exterminador, y la suya propia (primero cuando perdió la pierna en las Indias Occidentales, después cuando falleció en batalla frente a las costas de Cuba). La sangre de todos los cadaquesenses y apulinos que fueron ajusticiados por Barbarroja (el mismo que con sus propias manos estranguló en Gibraltar al jeque Selim-Ed-Teumil) y por sus famosos lugartenientes Dragut y Ochalí. La sangre de los tripulantes de los dos barcos ingleses capturados en 1604 por los españoles en Las Antillas: sangre de las manos y los pies, las narices y las orejas, todos amputados por sus verdugos antes de atarlos a los troncos de los árboles de un islote, y abandonarlos a la voracidad de insectos y pájaros después de untarles miel en heridas y muñones. La sangre, en fin, la sangre toda derramada por los siniestros filibusteros de la Cofradía de los Hermanos de la Costa; por los fieros piratas joasmes y los no menos crueles calvinistas franceses; por el héroe griego Aquiles, quien, antes de combatir en Troya, y en los tiempos en que se creía que el mar llegaba hasta el País de los Muertos, fue Pirata en los seis mares del Mediterráneo: el de Liguria, el Tirreno, el Adriático, el Jónico, el Egeo y el Mar de Mármara; la sangre vertida por el corsario hanseático Manteufel, a quien llamaban el Hombre Demonio, y por el más despiadado pirata que el mundo ha visto: el Lolonés, quien a más de un prisionero le sacó con sus propias manos el corazón y aún caliente y palpitante lo devoró a mordiscos, y la propia sangre del Lolonés cuando lo cortaron en pedazos, vivo, los indios del Darién. Y con toda esa sangre, y con aquella que hicieron correr Drake y sus cimarrones en la fortaleza de San Juan de Ulúa y por las calles de Huatulco y Cartagena; Roche el Brasileño en Campeche; el nonagenario Haradín en Civitavecchia, y con ella la sangre de los niños y mujeres que fueron muertos sin misericordia en el Puerto de Veracruz por Van Horfne; la de los peregrinos musulmanes que navegaban hacia las costas occidentales de Arabia para visitar La Meca y que fueron degollados, todos, por Vasco de Gama; la de los genoveses y venecianos masacrados frente a las costas de Túnez por los berberiscos, antes de ser ellos mismos, los berberiscos, liquidados por los Caballeros de Jerusalén; la sangre otomana y española que se agregó a las aguas del Golfo de Lepanto, y como parte de ella la sangre de la herida que inutilizó el brazo izquierdo de Miguel de Cervantes; la sangre, también española, de todos los que se ahogaron y pasaron a ser pasto de las fieras marinas, cuando los barcos de la Armada Invencible fueron arrastrados por la tempestad hasta Las Hébridas. Y la sangre de aquellos filibusteros que, muertos a bordo de sus embarcaciones, fueron arrojados al mar por sus hombres para ser devorados por los tiburones, y entre ellos Hawkins, cuyo cuerpo descendió a las aguas en un crepúsculo anaranjado, y Bartholomew Roberts, quien fue echado al mar ataviado con sus historiados gregüescos de damasco relumbrón y un sombrero chambergo con una pluma de avestruz color escarlata, como escarlata era su mismísima y filibustera sangre, o como el plumaje carmesí que Ovidio atribuía a las antiguas sirenas que, según entonces se pensaba, no tenían cola de pescado, sino cuerpo de espantables pajarracos.

Todas estas sangres y más, y desde luego la de las víctimas de tanto naufragio habido en la historia y que sería prolijo enumerar, eran, para uno de los tripulantes del Barco de los Locos, las que flotaban en los lomos de las olas al enrojecerse las aguas cuando, como decían los viejos marineros, el mar menstruaba. De nada hubiera servido explicarle que se trataba de la marea roja, la misma formada por los dinoflagelados color granate o las peridíneas, que por millones de millones flotaban en el agua e infestaban a aquellos moluscos culpables de tanto envenenamiento y responsables del bautizo del Mar Rojo y de los mares de Eritrea, porque, para el loco, todo era sangre. Y al igual que las mareas rojas, eran las aguas de color pardo oscuro teñidas por medusas microscópicas, y las nubes rojas de animálculos que arrastraban algunas tempestades, como aquella que describe Jules Michelet, que viajó desde El Orinoco hasta las costas de Francia: sangre, sangre pura, toneladas de sangre caliente. Y cada vez que contemplaba este cruento espectáculo, el loco, que no sabía que ya lo estaba, sentía que, de terror, se estaba volviendo loco.

LXXIV

Diríase que el mar, que a veces marcha
entre arrecifes de dorada escarcha,

y que a la arena lacia de la playa
llega para besarla y se desmaya,

y viaja a los confines de boreales
auroras que celebran esponsales

con la luz y el color, el agua, el hielo
y las iridiscentes túnicas del cielo,

sin término, principio y sin fortuna,
no viaja nunca el mar a parte alguna:

carabela sin velas ni estandartes,
navega al mismo tiempo a todas partes.

Diríase que el mar, que es un viajero
sin oriente, sin fin, sin derrotero,

plácido estero o fiero torbellino,
es de sí mismo el solo peregrino:

en vano son sus flujos y avatares,
y el ser un solo mar y ser mil mares,

en vano sus apuros, sus lamentos:
su destino es la Rosa de los Vientos.

LXXV

Y TÚ COMO si fueras toda lluvia,
con adioses maduros, con amargas
aspas de sal y de inasible miedo,
como si fueras, gota a gota, un río
de desnatadas bendiciones aúreas,
como si fueras, hilo a hilo, un viento
de movedizas, tácitas alianzas.
Y tú como si fueras siempre aurora,
naciente de tus uñas y tus rosas,
tachonada de espasmos, en oleadas
la linfa de tus falsos armisticios,
los abanicos de tu luz y el fuego
de escapularios rojos, que propaga
en tus pupilas su lealtad que estalla.

Con alardes de cera giratoria,
y arrecifes de días congelados,
el ramaje del trueno en una copa,
y en el nido del aire la congoja,
y tú como si fueras la mañana
naciente de una heráldica blancura.
Como si fueras siempre sólo lluvia,

alfileres de plata en la garganta
y longitudes de nevada fiebre,
o apaisado paisaje de letargos,
ni frugales ni cálidos: sólo océanos
de investidura lenta y de ceniza.

LXXVI

AMAR A MAMÁ-MAR

MADRE:
Soy tu poema sobre la nada y el nadir.
Soy tu rapsodia sobre el cenote y el cenit.
Soy astrolabio y luna de tus labios.

Mi frente ha sido campo de acicalados, bellísimos combates
entre los buenos pensamientos y las alas del diablo.

Contigo aprendí a vestir de tinta las palabras,
y tú de boca a boca me diste la saliva
destinada a preñar mi intemperie y a poblarla de alabanzas.

Es por eso que navego por la vida con bandera de poeta.

LXXVII

RÉMORAS

1.— ¡Soy Dimetés enamorado:
festejad el pantagruélico aquelarre!
(filiación de lampiñas memorias,
gárgolas al filo del alfanje).

2.— Dátiles de mar son mis dedos,
(historiados festones mudéjares de jade)
y abunda en ondas mi jolgorio:
Belerofonte bebe su sudor fragante.

3.— Náufrago consuetudinario,
la muerte diaria entre mis muslos pace:
que de mi cráneo, nido de abejas,
sin prevaricaciones el marfil se apiade.

4.— Invoco a Kraken rojo, el calamar gigante:
bailarinas que son estrellamares flirtean
por la dulce antesala del roñoso Hades.

5.— Acrisoladas treguas
a cachalotes dan cuartel, glaucas señales.

6.— ¡Laxas niñas embarazadas de noctilucas y Fuegos de San Telmo:
que las Islas de Sirenusa no os desamparen!

7.— Oh Ecbasio, Apolo navegante:
Venus Haligenea en mi mirada tuerta cabe.

8.— Mis guantes de piel de lisa
en límpidos lunarios crespas glándulas paren,
y es mi vejiga natatoria
cuajada podredumbre de óxido y de sangre.

1.— Las celebridades de sal, con sus hombros-camelia
en la vertiente alpina
conciben espasmos, fiordos, colmillos
de adormilados leones marinos,
en tanto pulula la osa de hígado amatista
y la impiedad se ensaña, y con arreboles y espumarajos
me descifra.

2.— De piel de albatros mi bufanda, y, pelágico que soy,
constancia es mi fatiga.
Y fábulas vidriosas me transgreden: ¡dorada veleidad,
la de bañarse en la mentira!

3.— Centollas de grises cinturas responsos alborotan
(náusea olvidadiza),
¡Y los vestigios acuarimánticos son áncoras
de refractarias golondrinas!

4.— ¡Escuchad: pianos de esdrújula opulencia disfrazan
la lánguida arena llovediza!
—promesa en los vitrales de carey cautiva,
cimientos de la humedad astral, opípara—.

5.— Las gastronómicas malarias: lengua piscatoria
en el metal lucífuga,
soflama azul, carbunclo, contumaz herida.
Follaje que se derrama, savia, de la ensenada
en jacarandas avenidas.

6.— Claras garzas en plenilunio cunden en tenazas
y nubes fugitivas—
¡Fue ayer la hora de la gleba metafísica!
Madriguera en aprietos, máculas transpira
del almicantarat la abovedada vía.

1.— Pasean himnos movedizos. De luz agonizan y sombra
entreverados
pastores de mullidos, lacticíneos rebaños.
y del mar honran los senderos artífices meandros
de alucinantes yedras de cristal cortado.

2.— Las Aleutianas: lampos que arremolinan crisoles,
y blondos, esmerilados altozanos.
Galernas que resoplan, ígneas.
y son de adolescentes archipiélagos los vahos.

3.— ¡En las costas de Malabar, respirad la pimienta
que de la muerte tiene los primores bárbaros!

4.— ¡Es la Rosa Océana, alambique de caliginosos fermentos
increados!
¡Es Pangea, la planetaria, mandarina mujer del señoril
pescado!

5.— Sueño de la rota pilastra: timonel de la lluvia
y de orientales naos.

De noche y día vibra el rumbo: cardúmenes
de trasegar atolondrado.
Cristalinos basaltos, ristra de naranjas azules
de celestes gajos.

6.— De taciturnas soledades muero, y es mi lecho
la vasta quietud del relámpago.

LXXVIII

Vi ballenas verdigrises, cuyas tetillas brillaban como nísperos encendidos. Encima de ellas, a horcajadas, vi a aquellas gigantas de cuyos labios escurría una baba color alquitrán con perfume de duraznos. Vi potros del color del centeno maduro, con crines como fogaratas, que retozaban en la playa, atosigados por los muchachos con máscaras de jabalíes que estornudaban nubarradas de aserrín. La dicha moría bajo el aire, y al anochecer las estrellas fugaces llovieron en la zona de la embriaguez. Mi corazón se bañaba en arrecifes de coral azul. Recordé aquella niebla que se levantaba como un altar, y añoré la fláccida postración de los espejismos: mis recuerdos no eran otra cosa que un castillo de naipes tembloroso a punto de derrumbarse. Como dueño del timón, conduje a mi propio orgullo a la desgracia. Pero era de esperarse: si todos los días me olvidara yo del ejercicio poético de inventar un mar a partir de la nada, otro gallo me cantaría, otras estrellas me alumbrarían, otras muertes me mecerían en sus brazos. Atravesé más tarde los muladares de las batallas perdidas en el tiempo: fusiles invadidos por el moho y la pulmonaria, cañones en cuyas bocas hacían sus nidos las urracas, escudos bocarriba convertidos en verdes estanques en los que se adivinaban jardines diminutos y castillos hundidos en el polvo y en el agua, la arena y la leyenda...

Soñé con espesas y agridulces zorras en cuyas cejas se ensartaban las gotas de la lluvia, soñé con musgos callados que se extendían por la tarde para tapizar sus rincones más secretos: aquellos en los que se incendian las placentas planetarias. Las vértebras de escayola de la Marimanta marina se esfumaban, a la mitad de una muerte complaciente bañada de bugambilias que retozaban en el mar. Las furias parían, a tientas y sin clemencia, salpicaduras del color y el sabor de la obsidiana.

¡Oh, si me fuera dado comenzar de nuevo, cortaría las cuerdas de todos los laúdes y con ellas estrangularía a los animálculos de transexuales transparencias! ¡Oh mar que te desnudas en las playas, que en ellas solazas tus faldas sonoras!

Ese mismo día, mis piernas fueron columnas de la tarde y se me otorgó la gracia de contemplar a la Verdad, que se levantaba enhiesta como un campanario, sobre las hilachas de piel que el sol había abandonado en el agua, y que flotaban a la deriva, con los fulgores del oro dulce. Las parvadas de instantes se dispersaban como los granos de arena de un reloj hecho trizas, y yo caminaba por una áspera playa en la que cada piedra encerraba el grito de un pájaro ciego. El salitre brotaba de mis pies, y unas doncellas, con los ovarios llenos de humo, la cintura estrangulada por hilos de agua, y en el cuello collares de turmalinas hediondas, se adentraron en el mar, montadas en marranas coronadas con tiaras entretejidas con garbanzos. Los brocados marinos se desleían en damasquinadas espumas, rasgaban el crepúsculo lanzas de madera de ojaranzo, y me pareció escuchar los tartamudeos del ballenato lechal, que en los mataderos se transforman en raucos bramidos. Una voz, entonces, me musitó al oído: “deja dormir a las leyendas, y ellas respetarán tu estulticia”.

LXXIX

EN CALETA

Cuando yo era niño,
en la playa de Caleta,
en Acapulco,
el agua me llegaba al cuello.
Un agua transparente y clara,
como la nada,
y veía yo pasar,
entre mis piernas,
miríadas de peces amarillos,
como si fueran bandadas
de aves doradas
retratadas en esa agua,
en esa nada.

Hoy, muchos años más tarde,
o quizás sería mejor decir: muchos años más noche,
sólo veo pasar a mis muertos
entre dos aguas.
Llamemos a una de esas dos aguas recuerdo,
y a la otra olvido.
Y a la suma de las dos, nada.
Hoy, que de nuevo me llega al cuello
el agua.

LXXX

Reflejos que de estrellas son la cuna,
olas que son columpio de la luna,

en tus aguas, espejo y tembladero,
el cielo se cayó de cuerpo entero.

LXXXI

Para cantarle al mar, me desvenablo,
me desflecho y de estupros me consigno,
me abismo entre los trigos y me espigo,
me distraigo de venas y me encrespo,
me perfumo de ecos y me palpo,
me embadurno de espejos y me cuajo.

Para cantarle al mar me astigmatizo,
me entuerto, me miopeo, me presbicio,
me persigno y bendigo, me encomiendo
a San Palabro de la Jitanjáfora,
a San Lírico Abad, a Santa Sílaba,
y al Papa Pope de las Epopeyas.

Para cantarle al mar, me emperifollo:
me encatrino, me albeo y me gallardo
y con polvo de estrellas me polveo.
Me apezuño, me empeino y me empellejo,
me rubrico en los ojos del rocío,
me encorbato de cobres y naranjas,
me encamiso con vientos amarillos,
y me encasqueto el firmamento entero.

LXXXII

Cuanto tú eres el mar, eres un pozo
de latitudes ebrias, continente
de la sangre amarilla de los ópalos,
y yo los rostros que en tu pecho hierven
y en alambradas de coral se mecen:
raíces torrenciales del encanto.
al ritmo de vaivenes y al arbitrio
de parpadeantes, agrias espesuras.

Aleteo en tus sienes y me anego
de oceánicas campanas y de ábacos,
de agua pesada y de alcanfor de río.
Me acuclillo en la cuenca de tus ojos
y me visto y desnudo de memoria
en tu llameante polvo, agua precaria
que se levanta, estatua del olvido,
y que zozobra en enjoyadas ráfagas
del polvo al polvo, al lodo, al agua.

Tú, fundamento y maga del azoro,
y yo que te respiro, alucinado,

y yo que te convido, dulce elíxir
de lentas y esmeradas soledades,
tromba de desamparos y de oblicuas,
altas adolescencias verdeolivas.

LXXXIII

Se transfigura el sol, cuando se moja,
en una lenta llamarada roja.

En el ocaso, su penacho rubio
revienta en mil destellos, en diluvio,

en cascada de luz, en remolino
de gotas de oro puro y peregrino

que se deshace en tersos, transparentes,
desparramados pétalos ardientes.

(tiende la noche sus brumosos toldos
y apaga el arrebol de sus rescoldos)

LXXXIV

AMAR A MAMÁ-MAR

OH MADRE Trigonométrica,
Madre de los Senos Versos
y de los Gayos Cosenos,
Madre Equilátera,
Madre Hipotenusa de los ruiseñores y los rododendros:
Madre Tangente de los mares más altos:
eres a la ternura en carne viva
lo que el dorado rencor que callada, arteramente,
lamía la mojigata muerte
cobijada en tus párpados
todas las noches de tu vida.

Oh Madre de los Catetos,
Madre de las Catetas y de las Tetas
que amamantaron
Madre Casta, a yo, Pólux,
Impoluta Madre, a yo, Cástor,
hermano de mí mismo
y de ti misma espejo yo, dos veces:
Oh Madre Logarítmica,
Madre del Verbo y de mi verborrea,
Madre-Mar-Altísima de mi facundia.

Oh Madre supernumeraria:
eres a tus dóciles aniversarios
como las palomas
que desmemoriadamente cabecean en la copa del invierno
o como los añicos del paraíso, que se bañan dos veces
en las aguas del mismo laberinto.
Oh Madre Matemática,
raíz cúbica de mis ilusiones en flor:
eres a las vetas de la limpia madera
lo que el vértigo a la nieve más clara
que infinitamente sueña consigo misma,
dulce y desangeladamente dormida en las alas de un hada.

LXXXV

Me lo juraron las devastaciones inauditas que se derretían al sol.
Las rosas de astracán que cantaban a gritos.
Los cantos de los pájaros que se enredaban en tus axilas.
Me lo dijo el tiempo entretenido en lamer las rayas del tigre.
Me lo juró el aire, espeso como el aliento del cuervo.
El atónito silencio del relente nocturno.
Mi pecho fieltro y pálido galope:
me dijeron que eras tú y tus labios al nivel del mar.
tú y tus ojos a la hondura del mar.
Tú y tu vientre donde escondía sus fantasías el mar.
Tú y tus senos de los que se alimentaba el mar.

Tú, multiplicada por los astros, dividida entre la espuma y los horóscopos.

No te conozco, pero te he visto arrodillada en altamar. No te han mirado mis ojos, pero he escuchado tu voz escondida en los cántaros. Jamás he acariciado tu piel, pero he percibido tu fragancia en los alimentos terrestres. No puedo imaginar tu olor, pero los crisantemos me han hablado del sabor de tus omóplatos.

Me lo dijo el musgo que verdeaba la mañana y sus magnos esplendores.
Me lo contaron las esponjas que hervían en el ajenjo derramado.
El lobo y los siervos de la gloria.
La serpiente y la flor de la cereza.
Las pupilas de la noche que giraban
como brújulas embriagadas con esencias de mirasol.
Los anuncios de viajes alpinos y azucarados licores.
Los recuerdos que se deshojaban en los párpados
translúcidos de los viudos.

Los bañistas que acumulaban frescuras ajenas
e inéditas bajo su piel.
Me lo contó la cáscara de una manzana
que dibujaba en el mantel una espiral escarlata.
Me lo contó un reloj de agua.
Me lo dijo un ángel que estaba colgado de tu espalda.

LXXXVI

LA AZUL EDAD, LA AZULEIDAD DEL MAR

No lo lamento, no, no me cohíbo:
escribo la palabra *azul*, la escribo

una y mil veces, y mil veces una:
azules son tus horas, tu fortuna,

azul es tu rencor, azul tu grito,
y azul es tu destino: el infinito.

De naufragios azules es tu historia
y de muertes azules tu memoria.

Azul que se abotaga y se agiganta
en la caverna azul de tu garganta.

Azul tu olvido, azul tu aprendizaje,
azul la majestad de tu follaje.

Azul es el sendero de las naves,
y azules son las sombras de las aves.

Azul es mi delirio, azul el vino
que bebo de tu pecho azul marino,

azules son tus ocios y venturas,
azules tus quietudes y lisuras.

Y tu furia es azul, oscura, agreste,
y tu mirada clara, azul celeste.

LXXXVII

MAR REVUELTO

Si acaso los presagios de anunciadas penumbras
Oh mar que entre tus brazos de oriflamas huidizas
arrullas y proteges los guiñapos mojados
de alambrados torrentes y lámparas encintas:
si acaso los reclamos de una clara nostalgia
que en el sopor desborda, de los instantes líquidos,
sus primaveras rancias, sus otoños antiguos:

Si acaso enamorado de agua viva y despierta
Oh mar de los brillantes, apaciguados yelmos
de una ínclita fauna de almibarados lujos
que los retoños lentos de las olas desgajan:
si acaso los adioses de antiguos desvaríos
que cobijó Cupido con su pecho de espuma
rebosan de cantos ingrávida agonía
que besas con la orilla desplomada en caricias
de alada capa de aires y de lluvias sumisas:

Si acaso todo ello: la ausencia de palabras
que el silencio fatigan en verticales vuelos
y el desamparo helado, la soledad, la furia
y el insólito encanto de una azul letanía

de inventarios y nombres de lisas turbulencias
que festinan, acosan, abruman y golpean
tu coraza secreta, tu oscura piel de hierba:

Si acaso los rituales de advenedizas cóleras
que en desnudos reflejos conciertan, olvidadas,
maravillas y cobres: la cruel parafernalia
que con mi lengua en celo empreño, fertilizo,
y son engendros mudos de satén y verdores
que se aventuran, huérfanos, en tu encendido lomo:

Si acaso todo ello, y el corazón colmado
de fértiles espantos, de suculentos miedos:
tu corazón que acecha, los ojos inundados
de tus lúbricas valvas por el licor que nace
de un miraje de sombras, de los acantilados
que nómadas helechos dibujan, arriscados,
en inasibles muros, en altas cordilleras
que de aluviones tibios son baranda y sustento.
Si acaso en las cordiales colinas de tu pecho,
desenlazados séquitos de luces, hervidero
de cristales perpetuos, azorado bautismo
ayer y siempre y nunca de limbos distraídos
que me mojan el cuello, que a mis muslos emigran
y besan mis rodillas, dilatadas derrotas
de fieles sortilegios sorprendidos en vilo:

Si acaso en esos valles, en las altas mesetas
donde palpitan, duermen, las quebrantadas órbitas
de fábulas preñadas: allí en tu inmaculada
geografía de espasmos y fieras esculpida,
de máscaras bañada y adamantinas, tránsfugas,
henchidas y brutales, magnas ondulaciones:

allí donde me esmero, barbecho de dos aguas,
en habitar mis ocios y derramar las mieles
de dulces espesuras que en mi boca aletean
cuando tú las despiertas con tu resaca negra.

Si acaso todo ello te hechiza y te pronuncia
y de ti se enamora, te seduce y te encanta,
si te nombra y te llama, si te aparta del fuego,

te ruego, imploro, invoco, te clamo, solicito,
que dejes en mis labios la humedad de los siglos
y en mis manos abiertas la fragancia del tiempo.

LXXXVIII

¿No he de circunnavegar el mundo con Sebastián Elcano en su nave Victoria?

¿No bogaré nunca en un trirreme romano más allá de las columnas de Hércules?

¿No surcaré el mar viento en popa bajo las banderas de los Tigres de Mompracen a las órdenes de mi Comandante Sandokan, el del turbante satinado? ¿No he de llenar mis alforjas de guano en las Islas Ballesta y de sal marina en las Islas de Caicos? ¿No me será dado subyugarme con los ojos glaucos de Anfitrite? ¿No viajaré jamás en busca de perlas a los bancos de Bahrain, de nidos de golondrina a las costas de Borneo, de diamantes a la desembocadura del Río Orange? ¿No he de acompañar a Iris Crisópteros a Sicilia para incendiar las naves de Eneas? ¿No me he de sofocar con el aire del alquitrán calcinado? ¿No he de cosechar actinias pasionarias de color rubí en las rocosas costas de Tabasco? ¿No he de naufragar con Robinson Crusoe y las aguas no han de arrastrarnos hasta la Isla de Juan Fernández? ¿No he de dormir envuelto en las cartas hidrográficas de Mercator para soñar que desembarco, con el almirante Gaspard de Coligny en esa efímera América de los Hugonotes en el mismísimo día que aprovechó Ponce de León para darle el nombre de la Pascua Florida? ¿No he de singlar con Cristóbal Colón a las Indias Occidentales, con Marco Polo a la legendaria Cathay? ¿No he de cruzar los mares en el Beagle con Darwin, rumbo a las Galápagos? ¿En el Mayflower con los peregrinos de Plymouth? ¿No ha de disfrutar mi vista, desde mi kayac de piel de foca, con los saltos mortales de las marsopas del casquete polar y con los cincuenta volcanes llameantes de la cadena de islas que va desde el Japón hasta Kamchatka? ¿No ha de deleitarse mi olfato con los aromas del romero y del serpol, del mastranzo de las costas mediterráneas? ¿No he de ser tragado por los violentos remolinos de las quebraduras basálticas del Mar de Bretaña o por la vorágine del Golfo de Vizcaya para que me aspiren las aguas y pueda yo jugar en el verde fango de las diatomeas, hacer ramos de fanerógamas radiantes y conversar con los radiolarios de esqueletos de vidrio? ¿No he de enfilar el rumbo hacia la Isla del Tesoro, junto con Sílver Pata-de-Palo? ¿No he de pertenecer a las Cofradías de los Hermanos Avitualladores y los Mendigos del Mar? ¿No ha de festejarme el Capitán Nemo con pescadillas azules de Alaska sazonadas con garum y sevruga, leche de ballena asesina y mermelada de varec?

Y si el mar no me cumple.

Si el mar me olvida.

Si el mar no ha de arroparme en mis travesías y mis periplos, en mis correrías y mis peregrinajes, si no ha de llevarme nunca de ninguna parte a ningún lado, yo seré, entonces, quien lleve al mar conmigo.

LXXXIX

ME HARÍA yo a la mar, la mar señera,
seductora, amorosa, lisonjera.

Y si así yo lo hiciera, llevaría
al mar hasta el confín mismo del día,

y más allá del tiempo y sus vestigios,
más allá de sí mismo y sus prodigios

y las cenizas de su edad dorada,
en un viaje al olvido y a la nada

sobre ruinas azules, sobre escombros,
lo llevaría a volar sobre mis hombros.

XC

MADRE-MAR, Mariana Madre Mía,
Capullo de escalofríos,
doncella de los ciclamores:
ruega por los Niños Almirantes.
Pastora de los sueños:
reza por los milagros.
Árbol de las miradas,
horno de los regocijos:
ora por los asombros.
Aurora de las sonrisas:
intercede por las aguamarinas.
Bastión del eco:
pide por mis palabras
que se desnudan y cantan.

Madre-Mar Vitalicia,
vaso lacrimatorio,
hogar de las cantáridas:
ruega por los almendros.
Corimbo de sal,
mansión de los cálices:
reza por las begonias.

Casa de transparencias,
cornucopia de rosicleres:
pide por las moliendas.
plumaje del estío,
crisol de las clepsidras:
intercede por el instante

Madre-Mar, Mariana Madre Mía,
guirnalda de suspiros,
rezumadero del bálsamo,
nodriza de las bienaventuranzas:
por mis palabras ora,

por mis palabras que se desnudan,
y danzan,
y te cubren de gloria.

ÍNDICE

PoeMar se terminó de imprimir y encuadernar en septiembre de 2004 en los talleres de Impresora y Encuadernadora Progreso, S. A. de C. V. (IEPSA), Calz. de San Lorenzo, 244; 09830 México, D. F. En su tipografía, parada en el Departamento de Integración Digital del FCE, por *Guillermo Carmona,* se utilizaron tipos Caslon 224 Book de 12, 11:14 y 10:14 puntos. La edición, que estuvo al cuidado de *Alejandra García,* consta de 2 000 ejemplares.